ALFAGUARA MR

JUVENIL

ALFAGUARA JUVENIL[MR]

EL CÍRCULO DE LA SUERTE

Editorial Santillana, S.A. de C.V., 2013
Av. Río Mixcoac 274, Col. Acacias
03240, México, D.F.

Alfaguara Juvenil es un sello editorial de **Grupo Prisa**, licenciado a favor de Editorial Santillana, S.A. de C.V.

Éstas son sus sedes:
ARGENTINA, BOLIVIA, CHILE, COLOMBIA, COSTA RICA, ECUADOR, EL SALVADOR, ESPAÑA, ESTADOS UNIDOS, GUATEMALA, MÉXICO, PANAMÁ, PARAGUAY, PERÚ, PUERTO RICO, REPÚBLICA DOMINICANA, URUGUAY Y VENEZUELA.

Primera edición: noviembre de 2013
Primera reimpresión: julio de 2014

ISBN: 978-607-01-1912-5

Impreso en México

El círculo de la suerte

Andrea Ferrari

Ilustraciones de Martina Arce

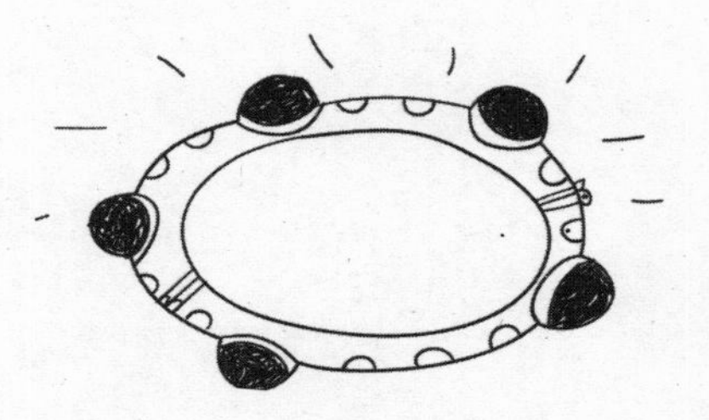

1. Isabel, la primera

Nicolás Costa no creía en la suerte. Ni en la buena ni en la mala. Siempre había considerado que el asunto de las herraduras, los tréboles de cuatro hojas, los boletos capicúa o cualquier otro tipo de amuleto era una soberana pavada. Que las cosas sucedían como consecuencia de los propios actos o por simple intervención del azar. Y si hubiera sabido lo que iba a pasar aquella mañana de junio, cuando se dio vuelta al oír el grito de Isabel, probablemente habría seguido su camino sin detenerse. En ese caso, jamás se habría enterado de la existencia de la pulsera ni de todo lo que vino después. Pero frenó, giró la cabeza y la vio venir corriendo, con el pelo alborotado, las medias caídas y los cordones de las zapatillas sin atar. Era evidente que se había despertado cinco minutos antes y ni siquiera se había lavado la cara. Y, pese a todo, estaba perfecta.

Nicolás pensaba que Isabel Barletta y él no tenían absolutamente nada en común que les permitiera considerarse amigos. Sin embargo, dos circunstancias los habían acercado. La primera era un cierto aislamiento. Estaban en primer año del secundario y ninguno de ellos había logrado todavía integrarse a algún grupo en el colegio. En realidad, Nicolás nunca se había integrado a un grupo en su vida, de modo que esto para él no constituía una novedad. La otra cuestión, tal vez la más importante para explicar su relación, era que vivían a escasos cincuenta metros el uno del otro, por lo que se encontraban muy a menudo camino a la escuela. Y las ocho cuadras que debían recorrer eran demasiado largas para mantener el silencio. Las primeras veces, al cabo de tres o cuatro minutos, Nicolás empezaba a toser para que no fuera tan evidente que no estaban hablando y seguía haciéndolo con pequeños intervalos hasta llegar a la escuela, por lo que en general terminaba exhausto y con dolor de garganta.

Claro que tampoco las conversaciones resultaban fáciles. A él Isabel lo ponía nervioso. Muy nervioso. No parecía interesarle en absoluto ninguno de sus temas preferidos: ni los libros de ciencia-ficción ni los enigmas lógicos ni, mucho menos, los problemas matemáticos con dos incógnitas. Le gustaba hablar en cambio de asuntos exóticos como las especies de mariposas, el horóscopo chino o ciertos cantantes que él nunca había oído nombrar. Además, muchas de las cosas que ella decía le resultaban completamente irracionales y no sabía cómo contestarle, por lo que a menudo se quedaba callado y la dejaba hablar. Su madre solía insistir en que si quería hacer amigos, al menos un amigo, tenía que ser abierto y más flexible en sus puntos de vista. Él venía haciendo un esfuerzo en este sentido, pero algunas veces sencillamente no le salía.

Había otro aspecto de Isabel que lo apabullaba: ella era perfecta. Arrolladora. Muy alta (lo superaba por más de una cabeza), con un pelo rubio clarísimo que le caía sobre los hombros, cara de muñeca y unos increíbles ojos verdes. Más que una estudiante de trece años, pensaba Nicolás, parecía una modelo sueca de veinte. Él, en cambio, era bajo y menudo, usaba anteojos y tenía los dientes un poco torcidos. Quizá no lucía tan mal si se lo miraba solo, pero estaba seguro de que al lado de Isabel parecía un escuálido enano. Ninguna persona en su sano juicio les hubiese dado la misma edad.

Una idea en particular lo torturaba: pensaba que toda la gente que los veía pasar por las mañanas concluía que Isabel era la hermana mayor que lo acompañaba a la escuela. Entonces, mientras caminaban, Nicolás intentaba combatir esa idea comportándose como una persona adulta, lo que no le costaba mucho, ya que manejaba un vocabulario sorprendente para su edad y tenía una inteligencia fuera de lo común. En esos momentos impostaba un poco la voz para que le saliera más gruesa y utilizaba palabras difíciles. Pero no podía evitar, cada tanto, que sus ojos se toparan con el reflejo de ellos dos en las vidrieras y entonces la evidente brecha entre su cabeza y la de Isabel le provocaba una horrible desazón.

Como es evidente, la cuestión de la altura le preocupaba en exceso a Nicolás. No sabía cuándo había dejado de crecer. Hasta no hacía tanto tiempo, en la escuela él estaba entre los del medio: ni tan alto ni tan bajo. Pero un buen día se encontró con que todos los demás lo habían pasado. Y ahora, en el secundario, era aún peor: no sólo era el más bajo del curso sino de todo el colegio. Cuando se lamentaba por esta circunstancia, su madre le respondía que tuviera paciencia, que ya crecería un poco. Y además, agregaba, debía considerar que, si bien no había sido dotado con una gran altura, había recibido una notable inteligencia, lo que en la vida terminaría por darle muchas más satisfacciones. Pero este argumento no llegaba a convencer del todo a Nicolás: la inteligencia no era algo que se viera, decía él, mientras que todo el mundo lo señalaba como el enano del colegio. Y peor aún si iba al lado de Isabel.

Ese cúmulo de sentimientos explica que aquella mañana tuviera dudas al oír el grito de ella. Pero finalmente decidió darse vuelta y ya no hubo retroceso: Isabel venía corriendo y le hacía señas para que la esperara. De pie en medio de la calle pensó que ahora sí se arriesgaba a llegar tarde a la prueba de historia y que ya no podría repetirse mentalmente durante el viaje las fechas y los nombres de las presidencias constitucionales entre 1862 y 1880. Isabel llegó a su lado y se agachó a atarse los cordones.

—Tenemos que apurarnos —dijo él echando una rápida mirada al reloj—. Faltan once minutos para que toque el timbre de entrada. Y para la prueba.

—¿Once? —Isabel sonrió mientras se incorporaba—. Entonces tenemos tiempo.

La incongruencia de ese comentario puso a Nicolás un poco más tenso de lo que ya estaba. A lo largo de los primeros treinta metros ninguno de los dos dijo nada.

—¿Estudiaste historia? —le preguntó finalmente.

—Algo.

—¿Algo?

Ella sonrió de costado mientras se pasaba las manos por el pelo, para alisarlo. Era evidente que no se había peinado.

—Pero estoy segura de que me va a ir bien.

—¿Y por qué?

—Traje algo especial.

—¿Qué?

Isabel se acercó a su oído como para decirle un secreto, un gesto que la obligó a inclinarse un poco, aumentando la incomodidad de Nicolás.

—Una pulsera que da suerte —susurró y estiró el brazo para que él la viese.

A Nicolás le pareció una pulsera como cualquier otra: era plateada y tenía unas pequeñas piedras de colores.

—¿Da suerte? —Frunció el ceño.— ¿Y creés que te va a ir bien en la prueba por eso?

Isabel lo miró sonriente.

—Ya está comprobado que funciona. Pero no la uso siempre porque no hay que abusar de su poder. Hay que cuidarla.

El ceño de Nicolás se frunció más aún.

—¿Y cuándo lo comprobaste?

—Muchas veces. El fin de semana pasado, por ejemplo. Me habían invitado a una quinta el domingo, con los compañeros del viejo colegio. Yo me moría por ir, pero como llovió tanto viernes y sábado dijeron que probablemente se suspendería. La noche del sábado me puse la pulsera. Y el domingo —clavó desafiante sus ojos en los de Nicolás— era un día espectacular.

—Pero el Servicio Meteorológico ya había anunciado que el domingo terminaba el temporal. ¿O acaso creés que tu pulsera maneja el clima?

Isabel se mordió los labios, fastidiada.

—Con vos no se puede hablar.

—No, no, disculpame. Está bien. ¿Y de dónde la sacaste?

—Era de mi abuela. Después fue de mi madre y ahora me la dieron a mí. A mi abuela le salvó la vida.

En ese momento se detuvieron, a la espera de que cambiara la luz del semáforo, y Nicolás aprovechó para mirar la hora. Faltaban siete minutos y medio. Estaban caminando muy despacio.

—¿Cómo fue eso? —preguntó mientras intentaba imprimirles a sus pasos un ritmo más ágil, que Isabel no parecía dispuesta a seguir.

—Fue en 1952. Mi abuela caminaba

por la calle Sarmiento. Estaba llegando hasta el lugar donde refaccionaban una vieja casa. Pero de pronto, se dio cuenta de que la pulsera se le había caído. Se dio vuelta y la vio en medio de la calle. Cuando retrocedió para buscarla oyó un estruendo terrible. Un piso entero del edificio que estaban arreglando se había derrumbado. Si mi abuela no hubiera vuelto, el edificio la habría matado. La pulsera le avisó del peligro.

Nicolás inclinó la cabeza, dudando.

—Que la pulsera se cayera no significa que estuviera prediciendo el derrumbe, sino probablemente que tenía el broche flojo.

Isabel suspiró.

—No sé para qué te cuento estas cosas. *Cerebrito* no es capaz de entender algo que no se explique con cuentas y fórmulas matemáticas.

Nicolás odiaba que le dijeran *Cerebrito*. No sabía quién había inventado ese nombre, pero parecía estar difundiéndose peligrosamente por el curso, sólo porque solía sacar mejores notas que el resto. Pensó que otra vez se había equivocado, que había dicho cosas que no debía. Siempre le pasaba lo mismo: hacía tantos esfuerzos por mantener una conversación normal que terminaba hablando de más.

En ese momento llegaron al parque que

solían atravesar para cortar camino hacia el colegio. Nicolás mantenía los ojos en el suelo y al levantar la cabeza lo sobresaltó un hombre enorme, rubio y alto, que les preguntaba algo. No le entendió.

—¿Qué?

El hombre sonrió. Parecía un gigante, pensó Nicolás.

—*Enciendedores barratos. ¿Quierren?*

Hablaba de una manera extraña, como si fuera extranjero.

—¿Cómo?

—*Enciendedores barratos.* —Extendió hacia ellos una bandeja con unos quince o veinte encendedores de diferentes colores.— Bonitos. Buen regalo.

Isabel lo miraba frunciendo el ceño con desagrado.

—No —dijo Nicolás—, gracias.

—Qué chiflado —murmuró Isabel mientras volvía a detenerse apenas unos pasos más adelante porque otra vez se le había desatado un cordón. Nicolás miró el reloj: seis minutos. Pensó en decirle que corrieran en el último tramo, pero supuso que ella se iba a burlar de su apuro y se quedó callado.

Probablemente fue entonces cuando sucedió. Al menos eso dedujo Nicolás después, al calcular el momento exacto en que las cosas habían empezado a desbarrancarse. Si tan sólo se hubieran dado cuenta entonces, todo habría sido muy diferente.

Estaban ya muy cerca de la escuela y sólo faltaban cinco minutos para la prueba de historia cuando Nicolás percibió la magnitud del error que había cometido con Isabel. Jamás debió haber expresado su incredulidad en relación con la pulsera de la suerte. Ahora ella se había quedado en silencio, aparentemente ofendida. A lo largo de las últimas cuadras él había aprovechado para pensar y había llegado a la conclusión de que en realidad, por muy estúpido que sonara todo el asunto, la pulsera era muy buena para Isabel.

Antes de que se conocieran, Nicolás pensaba que una persona con un aspecto tan fabuloso como ella debía ser increíblemente popular y que la gente se desviviría por complacerla. Sin embargo, no era así. Isabel era muy insegura. En los recreos estaba tan silenciosa que los demás terminaban por ignorar su presencia. Cuando los profesores le preguntaban algo, tartamudeaba y le transpiraban las manos. Y en las pruebas solía bloquearse, incapaz de recordar hasta lo que sabía diez minutos antes. Quizá, consideró, la pulsera le trasmitiría una seguridad que le permitiría encontrar los conocimientos en el oscuro rincón de su cerebro en donde se escondían.

Faltaban dos cuadras para llegar y cuatro minutos y medio para la prueba cuando decidió cambiar de estrategia.

—Disculpame por todo lo que dije de la pulsera. Estoy seguro de que te va a traer suerte.

Isabel sonrió contenta.

—¿De verdad lo creés? Qué bueno, yo también.

Y extendió el brazo, para volver a mirarla. Fue entonces cuando lanzó el chillido que se oyó en toda la manzana.

—¡No está!

—¿Qué?

—¡La pulsera! ¡Desapareció!

Nicolás miró al suelo, pero no la veía por ninguna parte. Discretamente echó una ojeada a su reloj: cuatro minutos. Rehicieron juntos unos cien metros revisando con cuidado el camino. Nicolás observó que Isabel llevaba los dedos cruzados con fuerza. Pero no había rastros de la pulsera.

—¡Esto es una señal! —gritó completamente histérica Isabel—. La pulsera me está advirtiendo algo: no tengo que entrar a la escuela.

—¿Cómo no vas a entrar? —gimió

Nicolás, que acababa de constatar en su reloj que ahora sólo faltaban tres minutos.

—Ella quiere que volvamos hasta el punto de partida.

El uso del plural terminó por destruir los nervios de Nicolás.

—¡Isabel! —gritó mientras la tomaba del brazo—. Las pulseras no tienen cerebro. No piensan ni desean nada. Son trozos de alambre y piedras. La verdadera mala suerte nos va a caer encima si no entramos a la escuela.

—¡No entendés! —gritó a su vez Isabel y al mismo tiempo le clavó las uñas en la mano que él había apoyado en su brazo. Nicolás sintió deseos de llorar, pero logró contenerse—. Te mentí.

—¿En qué? —intentó infructuosamente retirar su mano: ella la sostenía demasiado fuerte.

—La pulsera no es mía. Va a ser mía en el futuro, pero por ahora es de mi mamá. La saqué de su cajón. Si me pesca, me mata.

Nicolás asintió y pensó que las cosas se complicaban.

—La buscamos después —murmuró—. Al salir.

—Vos, que sos tan inteligente —dijo ella

mientras volvía a clavarle las uñas—, tenés que poder encontrarla.

Él la miró sin saber qué decir. Pensó en su madre y en sus consejos sobre la flexibilidad, que no sabía cómo aplicar en este caso. Pensó que no iba a poder resistir mucho más las uñas de Isabel sin gritar. También pensó en hablarle sobre la falta de relación entre la inteligencia y la posibilidad de encontrar objetos perdidos. Pero observó en su reloj que faltaba un minuto y desistió.

—Sí —se limitó a decir—, a la salida la vamos a encontrar. Te lo prometo.

Después logró soltar su mano y corrió. Entraron al colegio un instante antes de que sonara el timbre.

2. Viktor, sólo cuatro minutos

Una de las principales características de Viktor Pavlenko que saltaba a la vista al instante de conocerlo (dejando de lado la altura excesiva y el prominente estómago) era su optimismo. Viktor era una de esas personas que siempre piensan que al final las cosas van a salir bien, aunque hayan empezado muy mal. Es por eso que, cuando se despidió de su mujer Tania y su hija Inga en el aeropuerto de Moscú, les dijo que no pasarían ni dos meses, quizá ni uno y hasta tal vez ni quince días, antes de que les avisara que ya podían partir para la Argentina a reunirse con él.

Sin embargo, seis meses y medio después de haber llegado a Buenos Aires aún no había conseguido un trabajo estable que le permitiera traer a su familia. Había elegido esta ciudad por consejo de Yuri, un amigo que había emigrado un año antes que él y tenía un buen empleo como carpintero. Pero él no había tenido la misma suerte: sus primeros intentos fracasaron rotundamente. En las constructoras donde se presentó miraron con recelo su volumen, el notable tamaño de su estómago y su evidente torpeza y al parecer estimaron que no era un buen candidato para trabajar trepado a un andamio. Por otra parte, Viktor no tenía muchas habilidades para mostrar en materia de construcción: en realidad él era maestro. Por eso hasta el momento todo lo que había conseguido eran algunas jornadas como ayudante en una empresa de mudanzas.

El martes 6 de junio Viktor se miró en el espejo al levantarse y tuvo que admitir que estaba un poco desanimado. No era un pensamiento normal en él e intentó espantarlo diciéndose que pronto las cosas mejorarían. Se dio una rápida ducha y partió, una vez más, en busca de trabajo. En los dos primeros lugares que visitó le informaron que ya habían contratado el personal buscado. Cuando salió del segundo se sentía raro, como mareado. Vacío. No lo atribuyó tanto al descenso de su optimismo como a la falta de desayuno. De modo que se dirigió a un café en busca de un sándwich.

Estaba sentado a una mesa junto a la ventana cuando lo vio a través del vidrio: un pequeño cartel pegado en un poste de electricidad que decía "Se necesitan vendedores con experiencia". En tres bocados se terminó el sándwich, salió a la calle y arrancó el cartel. La dirección indicada era apenas a unos pasos de allí. De entrada, la casa le pareció extraña: había un largo pasillo y el departamento que buscaba estaba al fondo. Le abrió un hombre bajo, que llevaba una camiseta desteñida. Viktor, que no había vendido en su vida ni tan solo un alfiler, sonrió y se presentó.

—Viktor Pavlenko: vendedor con *expierencia.*

El hombre lo observó con cara desconfiada.

—¿Vendedor? Bueno, pasá.

Era una pequeña sala casi sin muebles donde se apilaban decenas de cajas de cartón. Sólo había dos sillas de plástico y allí se sentaron.

—¿Así que tenés experiencia?

—Uf —exageró el gesto con la mano—. Viktor, rey de las ventas, decían de mí. Vendo perfecto. Cualquier *coso.*

—Ajá. —El hombre se bajó un poco los anteojos y volvió a observarlo.— Pero no hablás muy bien castellano.

—¿Castellano? Sí, perfecto. También inglés, ruso y ucraniano. Bueno para ventas: muchos idiomas.

—Mmm —el tipo lo miró dudando—. Bueno, lo que hay que vender son encendedores.

—¿*Ciendedores*? Perfecto.

En verdad, Viktor no recordaba qué quería decir esa palabra, pero no estaba dispuesto a mostrar su ignorancia preguntando, de modo que se limitó a esperar. Casi enseguida, el hombre abrió una de las cajas de cartón y sacó un encendedor de plástico rojo. Se lo mostró.

—Es regulable —lo encendió e hizo girar una pequeña arandela—, la llama sube y baja.

—Sube y baja. Perfecto.

—Te voy a dar veinte. Cuando los hayas vendido, me traés el dinero, descontamos tu parte y te doy más encendedores. Voy a necesitar que me dejes tu documento como respaldo.

—Perfecto. ¿Y dónde es el negocio?

—¿Negocio? —El hombre rio como si fuera una broma.— No hay negocio. Tenés que vender en la calle.

—En la calle. Perfecto —dijo Viktor y sonrió.

Cuando salió de allí llevaba una bandeja forrada con un falso terciopelo donde se enganchaban los encendedores y una considerable inquietud. Nunca antes había vendido y no sabía cómo hacerlo. Tenía deseos de hablar con alguien sobre este tema, pero Yuri, su único amigo en el país, estaba trabajando fuera de la ciudad y hacía un mes que no sabía nada de él. Si Tania hubiera estado allí le habría dado algún buen consejo, pero no podía gastar el escaso dinero que tenía en una llamada a Moscú. Otra vez se sintió mareado, aunque ya no era hambre. Una idea que había evitado hasta el momento se estaba colando por la fuerza en su mente: la posibilidad de fracasar. No conseguir ningún verdadero trabajo en la Argentina y tener que volver a Rusia con las manos vacías. Decirle a Tania que había gastado todos sus ahorros en un sueño imposible.

Viktor pensó que tenía que sentarse o corría el riesgo de caer en medio de la calle. Caminó hasta un parque cercano y deslizó su pesado cuerpo en un banco. Cerró los ojos por un momento y respiró hondo. Cuando volvió a abrirlos, se sentía un poco mejor. Era un buen parque, observó, con varios rosales florecidos. Había una fuente con poca agua y la estatua de un hombre a caballo. Mientras empezaba a relajarse, se dijo que las cosas no podían ir tan mal: en su vida había salido bien parado de situaciones peores que ésa, no tenía por qué flaquear. Se puso de pie decidido, se ubicó en la esquina y cuando vio venir un hombre gritó con todo el volumen de su poderosa voz.

—¡*Enciendedores*! ¡Muy buenos *enciendedores*!

El tipo pareció asustarse y apuró el paso. Viktor pensó que tal vez tenía que decir algo diferente, más atractivo: algo que interesara a los potenciales clientes. A lo lejos vio que se acercaban dos chicos con mochilas. La chica —observó— era una belleza. El muchachito, con aspecto de ratón de biblioteca, debía de ser su hermano menor.

—¡*Enciendedores barratos*! —gritó—. ¡Buenos y muy *barratos*!

Pero no entendieron y, aunque lo repitió y también les acercó la bandeja para que pudieran verlos, siguieron su camino. La chica tenía un aire familiar, que le recordaba a su propia hija, pero lo miraba con disgusto. Después de todo, consideró entonces, debían ser demasiado jóvenes para fumar. Y quizás ése no era tan buen lugar: los que pasaban parecían ser en su mayoría estudiantes. Decidió caminar un poco más, hasta la siguiente esquina.

Fue entonces cuando vio una pulsera que brillaba en el suelo. La recogió y la limpió contra su camisa para sacarle el polvo. Pensó que a Inga le hubiese gustado. La apoyó en la bandeja, junto a los encendedores y observó que contra el terciopelo oscuro parecía una verdadera joya. En ese momento levantó la cabeza y vio venir a una mujer. Debía tener unos cincuenta años y se veía dubitativa, como si estuviese perdida.

—¡Señora! Tengo lindos *enciendedores* para mostrarle.

La mujer frunció el ceño.

—¿Qué?

—¡*Enciendedores*! Muy *barratos*, buen regalo.

Ella se acercó unos pasos.

—Encendedores, señor —dijo—. Se dice encendedores.

—Sí, muy bien: encennnnnndedores —Viktor sonrió y tomó uno entre sus manos—. Son regulables. ¿Ve? La llama sube y baja.

La mujer volvió a mirar la bandeja y entonces vio la pulsera.

—¿También vende bijouterie?

Viktor siguió su mirada desconcertado. Era la primera vez que oía esa palabra.

—Pulseras, aros... —lo ayudó la mujer.

—Claro —sonrió—, pulseras, anillos, aros, de todo...

—¿Y dónde están los anillos?

—¡Volaron! Demasiado bonitos. Vendí todos. Sólo me quedó esta pulsera —la sacó de la bandeja y se la extendió—. Perfecta para usted: pruébela.

Ella apoyó en un banco las carpetas y los libros que llevaba y tomó la pulsera.

—¿Usted es *prrofesora*, no?

La mujer lo miró asombrada.

—Sí, en realidad ahora soy directora de escuela. ¿Cómo supo?

—Olfato —dijo Viktor tocándose la nariz.

Después extendió su mano.

—Viktor Pavlenko: maestro.

Ella se la estrechó, un poco extrañada.

—¿Es ruso?

—Sí, señora, ruso: de Moscú.

—Yo soy Leonor Corti. ¿Y qué hace un maestro ruso vendiendo encendedores?

Viktor se encogió de hombros.

—Hace lo que puede. Le queda linda la pulsera.

—Sí, pero está un poco flojo el broche.

—Permítame.

Viktor tomó el broche con su mano –una mano enorme, pensó ella– y apretó el gancho.

—*Ahorra* está bien. Perfecta.

—¿Cuánto sale?

—Quince pesos.

La mujer sacó un billete de veinte de su cartera.

—¿Se va a la escuela? —preguntó él mientras le entregaba el vuelto.

—Sí, tendría que ir. Pero no me siento muy bien. Estaba pensando que quizá pida el día y me vuelva a casa.

—Eso está bien, *prrofesora*: un día de descanso es perfecto.

Mientras la miraba partir, Viktor se sintió exultante. Acababa de hacer la primera venta de su vida. Y en su cabeza bullían los más variados planes. Estaba recordando la época de su juventud en que todos alababan su buena mano y su gusto para armar objetos decorativos. Entonces, se dijo, por qué no fabricar sus propias pulseras: esa misma tarde iba a conseguir los materiales. Después podría venderlas junto a los encendedores. Estaba seguro de que, ahora sí, las cosas iban a cambiar. Seguramente en un par de meses Tania e Inga estarían con él.

Mientras salían ese día del colegio, Nicolás pensó que la realidad se había impuesto de modo contundente sobre la superstición. Por un momento creyó que era un hecho evidente para cualquiera.

—¿Viste? —le preguntó a Isabel mientras bajaban la escalera—. No te hacía falta.

Pero ella no sonreía.

—¿Qué cosa?

—La pulsera. No te hacía falta: tuviste suerte sin ella. La de historia faltó y no nos tomaron la prueba. Ahora tenés varios días más para estudiar. Eso es buena suerte.

—¿Suerte, dijiste?

Isabel se había detenido en un escalón superior y desde allí lo miraba con evidente irritación. Se veía aún más alta, perfecta y temible que nunca.

—No, bueno, yo... —tartamudeó Nicolás arrepintiéndose al instante de sus palabras. Ella no lo dejó seguir.

—¿Cómo vas a decir que tuve suerte el día en que perdí la pulsera que salvó la vida de mi abuela? ¿La pulsera que era de mi mamá y que iba a ser mía en el futuro? ¿Me estás tomando el pelo?

—¿El pelo? —Nicolás bajó un escalón más.— No.

—Mejor dejemos de hablar y busquémosla de una vez —dijo Isabel marchando decidida.

Pero, aunque recorrieron dos veces todo el trayecto con la mirada fija en el suelo, de la pulsera no vieron ni la sombra. Isabel parecía a punto de llorar.

—Quizá podríamos ir a casa ahora y hacer un intento más tarde —sugirió Nicolás, que acababa de observar su reloj y llevaba once minutos de retraso de su horario de llegada habitual.

—¿Más tarde? ¿Más tarde?

Una lágrima ya avanzaba por la mejilla de Isabel. Nicolás ansió hacer algo que lograra congelarla en su camino.

—Pensemos —dijo apartando la vista de la cara de ella— en qué momento exacto la perdiste. Me la acababas de mostrar cuando llegamos al parque. Entonces vimos a ese tipo enorme que vendía encendedores. Y después te ataste los cordones.

—¿Me até los cordones?

—Sí. Pensá: ¿la tenías en ese momento?

Isabel cerró los ojos unos segundos.

—Sí —dijo al abrirlos—, ahí la tenía. Tiene que haberse caído enseguida después.

—Volvamos al lugar de los hechos —contestó Nicolás y pensó que la frase sonaba demasiado a serie de televisión.

En el lugar, sin embargo, no había nada. Ya lo habían revisado dos veces y la tercera no aportó ningún cambio. Isabel se dejó caer en un banco.

—Mis padres me van a matar —susurró—. Nunca tendría que haberla agarrado.

En ese momento, Nicolás vio al gigante rubio. Estaba a un costado del parque, inclinado sobre la bandeja donde llevaba los encendedores.

—Preguntémosle a él —sugirió, sólo por hacer algo que detuviera las lágrimas de Isabel—. Quizá la vio.

Isabel pareció intimidada por el tamaño del hombre.

—¿Te parece?

—Sí, vamos.

Cuando se acercaron, el hombre contaba el dinero de sus ventas. En la bandeja sólo quedaban cinco encendedores.

—Buenas tardes —dijo Nicolás.

Viktor levantó la cabeza y los miró. Supo que los había visto antes: la chica linda y su hermano menor. Sin duda, ella se parecía un poco a Inga, su hija. Quizás era el pelo. Y también los ojos cristalinos.

—¿Sí? ¿*Quierren enciendedores*? Son baratos. Y regulables. Miren...

Nicolás lo detuvo con un gesto antes de que les hiciera la demostración.

—No, gracias, no vamos a comprar nada. Tenemos un problema. Hoy, al pasar por acá, perdimos una pulsera. Nos gustaría saber si usted la vio. Es muy importante.

El ruso los miró: primero a Isabel, después a Nicolás. Frunció el ceño.

—¿Y por qué es importante?

—Es especial —dijo Isabel con la voz quebrada—. Ayuda a que... pasen cosas. La salvó a mi abuela.

Viktor pareció genuinamente interesado.

—Es decir... ¿como si fuera mágica?

—No —dijo Nicolás.

—Sí —dijo Isabel.

—Entiendo —respondió Viktor y frunció el entrecejo.

Durante unos segundos nadie dijo nada.

—¿Entonces?

Nicolás miraba impaciente a Viktor.

—Tenemos problema —respondió al fin—. La vendí.

—¿Qué?

—La encontré tirada. Una mujer la vio y gustó —se encogió de hombros, como disculpándose—. Yo no podía saber.

Isabel intentó contener un sollozo.

—Decí a tu hermana que no llore —dijo Viktor.

—No es mi hermana —respondió fastidiado Nicolás—. ¿Sabe quién era la mujer?

El ruso asintió.

—Una directora de escuela. Se llama Leonor algo.

—¿Y sabe cuál es su escuela? ¿O dónde vive?

Viktor negó con la cabeza.

—No, no, no sabe. —El sollozo de Isabel aumentó de volumen.— Pero no se preocupe, Viktor la va a encontrar.

—¿Cómo? —Nicolás lo miró con desconfianza.

—No sé. Pero va a encontrar. Venga mañana.

—Está bien —Nicolás miró a Isabel—. Vamos ahora. Va a aparecer.

Isabel asintió y se pasó un pañuelo por los ojos. Viéndola tan tremendamente desolada, Viktor sintió un pinchazo en su interior. No era sólo el pelo y los ojos lo que le recordaba a Inga, pensó, sino también la forma de la cara, ese óvalo perfecto y delicado. Cuando empezaron a caminar, los llamó.

—¡Chico!

Nicolás se dio vuelta.

—¿Qué?

—Dígale a su hermana que esté tranquila. Viktor va a encontrar.

—¡No es mi hermana! —gritó enojado Nicolás, pero el ruso se limitó a asentir con la cabeza.

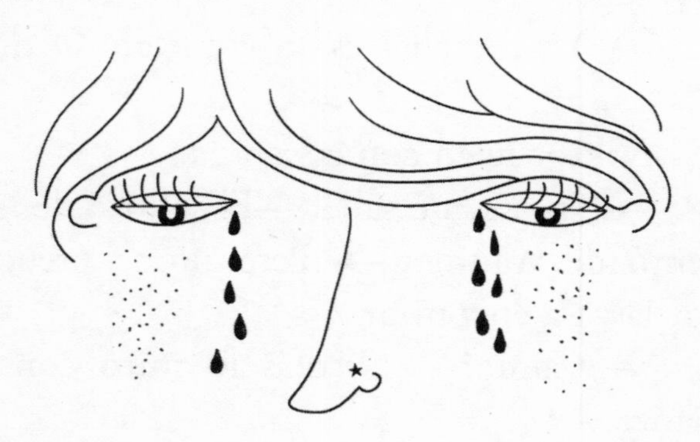

4. Leonor, un día

A la directora Leonor Corti le gustaba la rutina. Le gustaba levantarse temprano y tomar siempre en el desayuno un café con leche acompañado por dos tostadas con queso descremado. También le gustaba caminar lentamente las seis cuadras que la separaban de su escuela y llegar al menos veinte minutos antes del horario de entrada de los alumnos. Subía entonces a su despacho, en el primer piso, y se dedicaba a organizar las actividades del día. Después se acercaba a la ventana y observaba el lento ingreso de los chicos: era capaz de reconocerlos a todos y hasta recordaba los nombres de la mayoría. A la directora Corti, decía la gente, no se le escapaba nada de lo que sucedía en su escuela.

Tras mucho tiempo dedicado a enseñar historia y geografía, había sido nombrada directora tres años atrás. Era la coronación de sus esfuerzos, lo que le hizo decir que se sentía total y absolutamente feliz. Estaba, claro, el asunto de la falta de compañía, ya que no tenía novio, marido, hijos, sobrinos ni demasiados amigos, pero ella consideraba que los quinientos alumnos de la escuela eran su familia y ya bastante trabajo tenía con ellos. Si le quedaba tiempo, entonces se dedicaba a sus plantas o miraba alguna película.

El martes 6 de junio, cuando se levantó, Leonor no se sentía del todo bien. Tenía un leve malestar estomacal –quizás algo que había comido el día anterior, quizás un virus–, por lo cual decidió limitar el desayuno a sólo una tostada con queso. Pero, mientras se peinaba frente al espejo, pensó que había algo más, algo que venía molestándola en los últimos días. Una cierta sensación de aburrimiento. Era inexplicable que pudiera aburrirse con todo lo que sucedía en la escuela, donde cada día surgía algún nuevo asunto que debía resolver. Y, sin embargo, ahí estaba la sensación.

Observó su reloj. No podía seguir perdiendo más tiempo. Mientras esperaba el ascensor, echó una discreta mirada a la puerta de su vecino. Evidentemente Martiniano Luna aún no se había levantado: el diario estaba en el umbral. Lo había conocido un par de meses antes, mientras regaba las plantas en el balcón. Y le había dado un buen susto, por cierto, porque ella ni siquiera estaba consciente de que el departamento de al lado se había ocupado. Mientras echaba agua al jazmín, una voz cercana, demasiado cercana, le había dicho:

—Hola, vecina.

Leonor saltó y derramó parte del agua en sus pies. Cuando levantó la cabeza lo vio: un hombre alto y canoso le extendía la mano por encima de la baranda que dividía ambos balcones. Se la estrechó con cierta desconfianza y se apuró a entrar en su casa, con los pies mojados y el corazón aún saltándole en el pecho por el susto.

Se habían vuelto a encontrar días más tarde, esta vez en el ascensor. El único tema de conversación que surgió a lo largo de los seis pisos fue el del fumigador, porque un cartel pegado en el espejo anunciaba que visitaría todos los departamentos en la mañana del sábado, a partir de las ocho y treinta. Martiniano Luna se quejó: era demasiado temprano. Pero Leonor le dijo que ella no tenía problemas en levantarse a esa hora, o incluso antes, si era por evitar las cucarachas. Y entonces, sin saber bien por qué, le habló de su difícil relación con esos insectos. Cuando veía una, le explicó, se quedaba completamente paralizada. No era capaz de aplastarla con un zapato o una escoba, ni siquiera de arrojarle algún objeto.

Se limitaba a mirarla fijamente y le parecía que también la cucaracha la miraba y con sus ojos le decía que pensaba tener muchas asquerosas cucarachitas que invadirían su casa. La situación podía prolongarse por mucho tiempo, ella mirando a la cucaracha, la cucaracha mirándola a ella, hasta que el bicho decidía moverse, esconderse tras algún armario, dejándola con esa horrible inquietud.

Cuando Martiniano Luna la oyó, le dijo que la próxima vez que se encontrara cara a cara con un insecto de esos no tenía más que golpear la pared que separaba ambos departamentos, o llamarlo a través del balcón. Él vendría de inmediato y acabaría de un zapatazo con la cucaracha y toda su potencial descendencia.

Que un hombre se ofrezca tan galantemente a aniquilar a una horrible cucaracha puede ser para muchas mujeres motivo suficiente para enamorarse, sobre todo si el hombre tiene unas canas tan sentadoras como las de Martiniano Luna. Pero no para la directora Corti. Ella había tenido dos amores en su vida y ambos la habían dejado. Por eso se había propuesto firmemente nunca más dejar que un hombre la dejara, aunque pudiera sonar redundante.

En realidad, la conversación con Martiniano Luna que había provocado en ella mayor impacto había sido la última, en la que –durante un nuevo encuentro en el ascensor– él le preguntó si sería mucha molestia para ella regar sus plantas cuando se fuera de viaje a Europa.

—Naturalmente —agregó—, yo puedo hacer lo mismo cuando viaje usted.

Leonor dijo que lo haría con gusto. Lo que *no* dijo es que ella nunca se iba de viaje. Que, aunque había dedicado buena parte de su vida a enseñar historia y geografía, aunque se sabía las capitales de todos los países del mundo y podía reconocer imágenes de más de cincuenta ciudades, nunca jamás había pisado otro país. No hubiera podido explicarle a Martiniano Luna que le daba miedo dejar su casa y subirse a un avión, y todavía más miedo desembarcar en un país extraño. Por eso, sólo preguntó:

—¿Y a qué ciudades viaja?

—Madrid, Roma y quizá Moscú.

—¡Moscú! —dijo Leonor cerrando los ojos y por un momento vio perfectamente claras las cúpulas de colores de la Plaza Roja.

Esa conversación seguía dando vueltas por su cabeza aquel martes 6 de junio, cuando caminaba hacia la escuela. El malestar estomacal se había incrementado y la directora Corti empezó a pensar si no sería bueno volver a su casa. Quizá le convenía tomar un día de descanso para reponerse. Estaba en medio del parque, a punto de volver sobre sus pasos, cuando oyó una voz que le llamó la atención:

—¡*Enciendedores*! —gritaba—. Muy baratos, buen regalo.

Le sorprendió su pronunciación: ese hombre alto y gordo tenía que ser ruso.

—¡*Enciendedores*! —insistió mirándola.

Leonor no pudo con su instinto docente y lo corrigió.

—Encendedores, señor. Se dice encendedores.

El hombre no pareció molestarse y pasó a mostrarle lo que tenía en la bandeja. A ella le llamó la atención una pulsera: siempre había tenido debilidad por la bijouterie. Pero, en verdad, después no pudo explicarse por qué había comprado la pulsera ni por qué se había puesto a hablar con ese hombre enorme, que se había presentado como Viktor Pavlenko y, efectivamente, era ruso. Debió ser ese malestar lo que la hizo comportarse de una manera tan inusual en ella, el mareo que seguía aumentando y que la empujó a decidir en ese mismo momento que avisaría en la escuela que estaba enferma y se volvería a su casa.

En el camino de regreso se le ocurrió sacar del videoclub una película que transcurría en Rusia y disfrutar toda la tarde de esas bellas imágenes.

Al día siguiente, Leonor Corti estaba plenamente recuperada. Se levantó temprano como siempre, tomó el café con leche y las tostadas con queso y se preparó para salir hacia la escuela. Se había puesto su pulsera nueva y mientras caminaba con paso rápido pensó que se sentía temerosa y emocionada, como solía sentirse frente a un hecho importante. En este caso lo importante era que durante su día de descanso había tomado una decisión: iba a vencer sus miedos a viajar. Iba a conocer el mundo. Esa misma tarde, al salir de la escuela, pensaba pasar por una agencia de viajes e iniciar sus averiguaciones sobre pasajes y estadías en Rusia.

Cuando estaba llegando a la escuela sintió algo en la mano, pero no le hizo caso porque en ese momento una maestra que estaba al otro lado de la calle la saludó. Recién luego de recorrer unos metros más advirtió lo que había pasado: se le había caído la pulsera. Se dio vuelta y vio el preciso momento en que un chico la levantaba del suelo y salía corriendo. Alcanzó a reconocerlo: Maximiliano Ordóñez, de séptimo B. Le gritó:

—¡Ordóñez!

Pero el chico no la oyó: curiosamente no corría en dirección a la escuela, sino hacia el otro lado. Leonor pensó que no le importaba demasiado perder la pulsera. A fin de cuentas no sabía por qué la había comprado. Quizá Maximiliano Ordóñez le diera mejor uso que ella.

5. Viktor busca a Leonor, que tiene malas noticias

Había alcanzado a hacer dieciocho pulseras. Bastante lindas, por cierto. Después de trabajar buena parte de la noche, Viktor Pavlenko miraba orgulloso su producción, que ahora compartía la bandeja con los encendedores. Las cosas, definitivamente, estaban mejorando. El día anterior había vendido diecisiete de los veinte encendedores y ese día, apenas llegado al parque, ya le habían comprado una pulsera. Esa noche se disponía a hacer más, y quizá también algunos collares.

Pero una cosa lo perturbaba: el episodio de la pulsera que le había venido a reclamar esa chica llorosa que le recordaba tanto a Inga. Viktor Pavlenko no soportaba pensar que ella sufría por su culpa. Por eso desde el momento en que llegó al lugar que había elegido para ubicar su puesto estuvo alerta y apenas vio que Leonor Corti atravesaba el parque corrió en su dirección.

—¡*Prrofesora*!

Leonor se asustó cuando vio que el gigante rubio se abalanzaba sobre ella y dio instintivamente un paso atrás.

—¿Sí?

—Disculpa, *prrofesora*, pero debo *prreguntar* algo.

—Qué curioso, yo también.

—¿Usted? —El ruso alzó las cejas con sorpresa.— ¿Qué?

—¿Qué tal es el clima en Moscú en el mes de julio?

—¿El clima? —Viktor parecía completamente desconcertado.— Bueno. Julio es verano: un poco de calor. No mucho. ¿Por qué?

—Estoy pensando en viajar.

—¿Viaja a Moscú? —Viktor sonrió encantado.— ¿A mi Moscú? La *fecilito*, *prrofesora*. Buena elección.

—Felicito.

—¿Qué?

—Nada, que se dice felicito. ¿Y usted de qué tenía que hablarme?

—De la pulsera.

—Ah, la pulsera —Leonor suspiró—. Vio, el broche estaba mal. La perdí. Pero no importa, no se preocupe.

—¿La perdió?

—Bueno, no ponga esa cara, no es tan importante —miró entonces la bandeja—. Veo que hoy tiene más.

—Sí, regalo a usted la que quiera. Elija, *prrofesora*.

—No, no hace falta. No se moleste.

—Sí, sí, por favor. Pero dígame: ¿dónde la perdió?

Mientras seleccionaba una pulsera con piedras azules, la directora Corti se dio cuenta de que algo raro estaba pasando. Ese hombre mostraba demasiado interés.

—En la calle, mientras caminaba... Pero sé quién la encontró.

—¿Quién?

—Ordóñez, de séptimo B. ¿Me va a explicar por qué me hace tantas preguntas?

Viktor pareció nervioso.

—Es complicado... Explico: yo tenía la pulsera por... una casualidad. No era mía. Ahora tengo que recuperar.

Leonor frunció la nariz con desagrado.

—¿Usted la robó?

—No, no, no —Viktor negó con vehemencia, moviendo las manos—. Yo la había encontrado. No sabía que era de una chica. Y que es muy especial.

—¿Especial cómo?

—Da suerte —susurró Viktor—. Es como... mágica.

La directora volvió a fruncir la nariz.

—¿Usted cree en esas cosas?

—¿Qué cosas?

—Eso, que un objeto puede dar suerte. Que las cosas no suceden simplemente por azar.

Viktor se encogió de hombros.

—*Prrofesora*, yo no creo ni dejo de creer. Pero si me dicen que algo da suerte... quizá da suerte. Y un poco de suerte vendría muy bien a mí. Si tengo suerte, entonces hago dinero y traigo familia.

—¿Dejó la familia allá? Debe extrañarlos.

—Sí. Mucho. Demasiado.

Leonor asintió y pensó que tenía que irse. Pero en ese momento vio que se les acercaban una chica preciosa y un nene, que parecía ser su hermano. Viktor se los presentó: eran los dueños de la pulsera que ella había comprado. Hubo un momento de silencio, mientras todos se miraban incómodos. Entonces Viktor les explicó que Leonor la tenía el día anterior, pero que se le había caído en la calle. Y aunque la directora intentó aclarar que sabía quién se la había llevado y que se la iba a pedir, a Isabel se le humedecieron los ojos instantáneamente y se tapó la boca, como conteniendo el grito.

—No llora —se apuró a consolarla el ruso—. La *prrofesora* va a encontrarla. La tiene Ordóñez, séptimo B.

Pero las lágrimas ya resbalaban por las mejillas de Isabel, que no acababa de entender lo que le explicaba Viktor. Nicolás le apretó un brazo.

—Quedate tranquila, saben quién la tiene: la vamos a encontrar.

—Eso —insistió Viktor sonriendo—. Se queda tranquila, como dijo su hermano.

—¡No soy su hermano! —protestó Nicolás, pero nadie le prestó atención.

Mientras volvían a sus casas, Nicolás intentó distraer a Isabel para que olvidara el asunto de la pulsera. Empezó a contarle la escena que había presenciado en un recreo, cuando Roberto Aranda (a quien todo el mundo apodaba Cabezón por obvios motivos) se había trenzado en una feroz pelea con Marcos Pereyra, por un asunto que nadie tenía muy claro, pero que al parecer estaba relacionado con la canción que había elaborado Pereyra inspirándose en el grano que le había salido en la frente a Aranda. La historia era divertida, pero se dio cuenta de que Isabel apenas lo escuchaba. De pronto, ella se detuvo en seco.

—¡Mirá!

Estiró la mano donde se acaba de posar un pequeño insecto.

—¿Qué tiene?

—¡Es una vaquita de San Antonio!

—Ah. ¿Y qué?

—¡Que traen suerte! —Isabel sonreía mientras se pasaba el insecto de una mano a la otra—. ¿La querés?

—No, dejá.

Siguieron caminando en silencio. Isabel llevaba la mano extendida y observaba feliz al insecto. Nicolás la observaba a ella.

—¿De verdad creés que vas a tener suerte porque un bicho se te posó en la mano?

Isabel se encogió de hombros.

—No sé. Pero me gusta la idea. Fijate que yo no lo busqué. Vino por su cuenta hasta mi mano, como si me anunciara algo: un golpe de suerte.

—Podrías pensar lo mismo cuando te pica un mosquito. O cuando se te posa una mosca en la nariz.

—No seas tonto, Nicolás. Los mosquitos y las moscas son asquerosos. En cambio todo el mundo sabe que las vaquitas de San Antonio traen suerte. Me vendría bien un golpe de suerte ahora: quizá podría recuperar la pulsera.

—O sea que necesitás suerte para recuperar lo que tenía que darte suerte. Eso suena raro.

Isabel suspiró

—Es que no hay que pensarlo tanto... O lo creés o no lo creés.

—Entiendo —dijo Nicolás, pero al mismo tiempo pensó que en verdad no lo entendía y nunca iba a entenderlo.

Maximiliano Ordóñez llevaba seis años enamorado de Gabriela Levy, exactamente desde primer grado, cuando quedó flechado por sus grandes ojos negros y su deslumbrante sonrisa. Hasta el momento, sin embargo, no le había dicho una sola palabra sobre sus sentimientos. En algunas oportunidades, sobre todo en quinto y sexto grado, le había parecido adivinar que ella también se sentía atraída por él, pero jamás había podido confirmarlo. Por eso Maximiliano se mantenía a la expectativa, alerta a cualquier gesto o palabra de Gabriela que pudiera darle una señal precisa.

Su mejor amigo, Alberto, le decía (cariñosamente) que era un completo tarado. Un lerdo. Un inútil. Que no podía estar pendiente de una chica durante seis años sin decir ni hacer nada.

Claro que Alberto era distinto y por eso le costaba entender que para Maximiliano vencer su timidez era más difícil que escalar el Aconcagua. Prefería esperar. Y seguía esperando que se diese la circunstancia oportuna cuando sucedió algo que lo obligó a actuar sin demoras.

Aproximadamente desde mediados de marzo se percibía en séptimo B una racha de romanticismo que había producido una consecuente ola de noviazgos. Algunos se mostraban más proclives que otros al contagio: Alberto, por ejemplo, había tenido cuatro novias distintas en tres meses. Otros, ninguna. Hasta el momento, Gabriela se había mantenido ajena a esa cadena de romances, pero la señal de peligro surgió en junio.

En un recreo, Alberto se acercó a Maximiliano y le contó la noticia que acababa de llegar a sus oídos: Guido Spadavecchia, un rubio que solía tener bastante éxito con las chicas, planeaba engancharse a Gabriela en el baile del sábado siguiente. Todo indicaba que lo iba a lograr.

—Te va a ganar de mano por idiota —concluyó Alberto.

Maximiliano tuvo que reconocer que estaba frente a una crisis mayúscula. Necesitaba manifestarle sus sentimientos a Gabriela antes del sábado, pero no sabía cómo. Ni la más mínima idea. De modo que esa tarde, después de la escuela, fue a la casa de Alberto para recibir algunas lecciones básicas.

—Tendrías que acercarte a ella en la calle, cuando esté sola —aconsejó su amigo— y apoyarle una mano sobre los hombros.

—¿Cómo hago para encontrarla sola? Siempre se va con las amigas.

—No sé, quizás antes de que entre a la escuela. Hay que buscar el momento. Entonces, te muestro —Alberto retrocedió unos pasos en su habitación—. Hagamos que vos sos Gabriela y yo soy vos. Estás caminando por la calle. Yo vengo desde atrás, tranquilamente y, cuando me acerco, te llamo: "¡Gaby!".

—Yo no le digo Gaby.

—¿Por qué no?

—No sé, no tengo tanta confianza. Le digo Gabriela.

—¿Cómo te vas a poner de novio si no tenés confianza? ¡Le decís Gaby y listo!

—Está bien, sigamos.

Alberto retrocedió otra vez. Después dio unos pasos y gritó:

—¡Gaby!

Maximiliano se dio vuelta.

—¿Sí?

—Qué suerte que te encuentro, quería hablar con vos.

Mientras lo decía, Alberto apoyó sutilmente su mano en el hombro izquierdo de Maximiliano.

—¿Por qué me ponés la mano ahí?

—¡Ella no va a decir eso!

—¿Y cómo sabés?

—Si dice eso, es que está todo mal: mejor te olvidás del asunto. ¡Pero no lo va a decir!

—Está bien. Puede decir: "¿De qué me querías hablar?"

—Eso. Entonces te acercás un poco a su oído y le decís: "Quería decirte que me gustás mucho". Si ella te sonríe y te parece que la oportunidad es buena, ahí mismo le das un beso.

Maximiliano dio un paso al costado y se liberó del brazo de Alberto

—No puedo hacer eso.

—¿Por qué?

—No me voy a animar. Mejor le digo otra cosa.

—¿Y qué le vas a decir? "¿Qué tal vas en matemática?" o "¿Te gusta ir al dentista?".

—En serio, Alberto. Pensemos otra cosa. No puedo hacer eso.

Su amigo lo miró y suspiró resignado.

—Está bien. Tengo otra idea: le podés anticipar que el sábado le vas a decir algo muy importante y que te espere en la puerta del baile, antes de entrar. Ella se va a imaginar de qué se trata, lo que es bueno, porque tiene tiempo para pensarlo. Y le ganás de mano a Spadavecchia.

—Eso suena bien. Muy bien.

—De nada.

—Gracias, Alberto.

Maximiliano pasó las siguientes horas pensando en qué momento abordar a Gabriela. Finalmente decidió que lo mejor sería fingir que se había quedado a dormir en lo de su primo Mario y encontrarla cuando salía para la escuela. La excusa era creíble: ella sabía que Mario vivía frente a su casa ya que una vez lo había visto salir de ahí. De modo que se levantó un poco más temprano de lo habitual y tomó el colectivo en dirección a lo de Mario. Estuvo esperando en la esquina un buen rato. Le dolía el estómago y sentía mucho calor, como si estuviese afiebrado, pero decidió que no iba a prestar atención a las señales de rebeldía de su cuerpo. Tenía que hacerlo. Cuando finalmente ella salió, Maximiliano avanzó rápido y la llamó.

—¡Gaby!

Gabriela se dio vuelta y frunció el ceño, extrañada. Él venía preparado para levantar la mano y apoyarla en el hombro izquierdo de ella, pero su gesto lo disuadió. Bajó la mano enseguida.

—¿Qué hacés acá? Y me dijiste Gaby. Es raro, nunca me llamás así.

Maximiliano se encogió de hombros, completamente turbado.

—No sé, me salió —se dio cuenta de que su voz sonaba temblorosa—. Estaba en lo de mi primo.

—Ah, bueno. Vamos.

Dieron unos pasos y la mano de Maximiliano inició otra vez su ascenso hacia la espalda de Gabriela. Tan pendiente de la mano estaba, que olvidó sus pies.

—Qué suerte que... —empezó a decir nervioso y acalorado, pero un grito de ella lo detuvo.

—¡Cuidado!

Gabriela intentó frenar su avance, pero no lo logró. En su cara se reflejó el desastre.

—No digas que no traté de evitarlo.

Maximiliano miró al suelo: acababa de pisar a fondo una gigantesca caca de perro. Su tenis había quedado completamente embadurnado por todos los costados. Pensó que alguna vez le habían dicho que pisar caca traía buena suerte, pero le parecía difícil que eso se cumpliera en este caso.

Gabriela se veía disgustada.

—Qué asco. No sé qué vas a hacer, eso es muy difícil de sacar.

Se detuvieron y Maximiliano intentó limpiar el tenis contra el cordón de la calle, pero no tuvo mucho éxito. Mientras lo hacía pensaba en alguna forma de retomar el asunto de la mano donde lo había dejado, pero, siendo ahora la caca el centro de la conversación, resultaba muy difícil ponerse romántico. Gabriela lo observó con desaprobación.

—Así no vas a conseguir limpiarlo bien. Y te va a quedar ese olor espantoso todo el día —miró su reloj—. Todavía tenés diez minutos. Me parece que te conviene volver a lo de tu primo y pedirle unos tenis para cambiarte.

Maximiliano asintió aturdido y la vio partir. Le parecía estar en una pesadilla. No sólo había fracasado rotundamente en sus planes, sino que ahora tenía que plantarse frente a su tía y explicarle qué diablos hacía ahí y por qué olía tan mal.

Esa tarde, Alberto le dijo que no podía darse por vencido: tenía que volver a intentarlo. Al principio Maximiliano estaba tan desanimado que se negó.

—¿Vas a dejar que una caca de perro te derrote? —preguntó su amigo.

Así dicho sonaba terrible. Dijo que no. Pero no podía volver a usar la excusa de su primo Mario, de modo que decidió un cambio de estrategia. Intentaría encontrar a Gabriela a sólo una cuadra del colegio. En su camino, ella siempre pasaba por la puerta de una librería a donde iba todo el mundo a hacer compras de último momento. Podía entrar en busca de unos mapas y salir en el preciso momento en que pasara.

En la teoría todo eso estaba bien, pero en la práctica sus planes no hacían más que complicarse. Ese día el colectivo tardó más de lo previsto en llegar y el tráfico era endemoniado. Cuando finalmente se bajó en la esquina del colegio, Maximiliano observó que ya casi era la hora prevista. Aun así, se detuvo unos segundos porque vio algo que brillaba en el piso. Lo recogió: una pulsera. La guardó en el puño y salió corriendo.

En el momento en que llegó a la librería, supo que era demasiado tarde para entrar a comprar algo: Gabriela venía caminando velozmente y acababa de verlo.

—¡Maxi! —le gritó.

Quizá fue el grito, quizá las complicaciones que torcían sus planes, quizá simplemente sus sentimientos: lo cierto es que Maximiliano se quedó en blanco. Mudo. Todo lo que pensaba decirle de pronto se había esfumado de su cerebro. Gabriela lo miró y alzó las cejas.

—¿Pasa algo?

Él negó con la cabeza. Simplemente abrió la mano donde tenía pulsera.

—Una pulsera —Gabriela sonrió—. Qué linda, ¿es para mí?

Maximiliano asintió sin hablar.

—Ayudame a ponérmela.

Los dedos le temblaban mientras cerraba el gancho en torno a la muñeca de Gabriela. Pero ella seguía sonriendo.

—Me encanta. Muchas gracias.

Entonces sucedió lo que Alberto hubiera definido como una perfecta oportunidad: Gabriela se acercó y le dio un beso en la mejilla, muy cerca de la boca. Maximiliano apenas tuvo que ladear un poco la cabeza para que sus labios se encontraran. Le pareció que se movía ligeramente la Tierra, pero lo más seguro es que fuera un mareo.

Cuatro horas y media más tarde, Gabriela terminaba su clase de gimnasia. Había estado toda la mañana guardando el secreto y se moría por decírselo a alguien. Fue con su amiga Anabella al baño, mientras le explicaba exultante que al fin Maximiliano había reaccionado, tras ignorar durante tres años todas sus insinuaciones. Se habían puesto de novios después de que él le diera un beso y habían caminado de la mano. Y hasta le había regalado una pulsera. Se la sacó delicadamente mientras se lavaba las manos y la colocó junto al jabón. Por desgracia, pensaría después, estaba demasiado entusiasmada respondiendo a las preguntas de Anabella, que quería saber hasta el último de los detalles, y cuando terminó de lavarse se olvidó de recogerla. No podía imaginarse que en pocos segundos alguien pasaría por ese baño ni que, cuando ella volviera corriendo a buscarla, una hora más tarde, ya no habría nada junto al jabón.

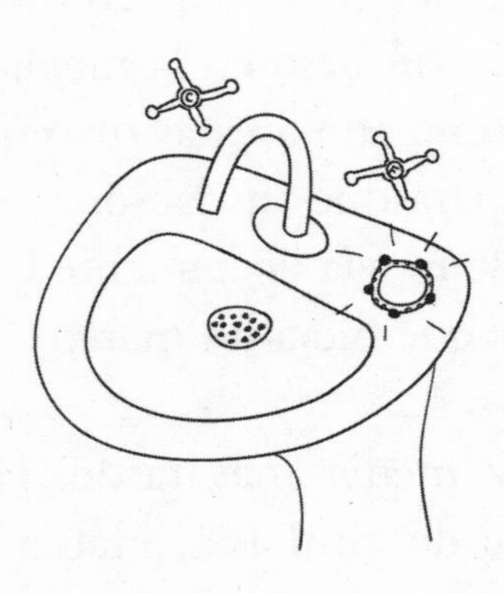

7. La directora busca a Maximiliano, que busca a Gabriela, que busca a Nina

Después de hablar con Viktor Pavlenko en la plaza, el jueves 8 de junio, la directora Corti se dirigió a la escuela y subió enseguida a su oficina. Desde la ventana, observó detenidamente a cada uno de los chicos que iba entrando. Notó que Maximiliano Ordóñez se había quedado a unos metros de la puerta, como esperando algo. Finalmente apareció por la esquina Gabriela Levy, se sonrieron y entraron juntos. A la directora le pareció que algo había entre esos dos. No andaban de la mano ni abrazados, pero ella se había convertido en una experta en descifrar ciertas miradas, ciertas sonrisas, y el embobamiento que reflejaba Ordóñez no dejaba demasiadas dudas.

Decidió esperar un poco. Durante la primera hora se dedicó a poner unos papeles en orden y apenas sonó el timbre del recreo le encargó a una secretaria que fuera hasta séptimo B y le dijera a Ordóñez que subiera a verla. Inmediatamente.

A Rosita López, la secretaria, la palabra "inmediatamente" le sonó a problemas. Era poco frecuente que la directora llamara a algún alumno a su despacho y si, encima, el llamado era urgente, no cabían dudas de que el chico iba a pasar un mal rato. Mientras bajaba la escalera se preguntó qué podría haber hecho Ordóñez, que parecía incapaz de matar una mosca.

Lo vio en la puerta de aula, hablando con una chica. Tenía tal cara de bueno que a Rosita López le dio un poco de pena y pensó en advertirle que las cosas venían mal, para que pudiera llegar preparado.

—Ordóñez: te llama la directora. Dice que subas inmediatamente. Mejor andá pensando qué vas a decirle.

Maximiliano puso cara de espanto.

—¿A mí? ¿Por qué?

—Yo qué sé. Pero me parece que no pinta bien. ¿Qué hiciste?

—¿Qué hice? Nada. No hice nada.

Mientras subía la escalera con Rosita, Maximiliano intentó encontrar algún motivo por el cual mereciera ser convocado por la directora. Pero no se le ocurrió ninguno.

—Vamos, Ordóñez. Algo tenés que haber hecho. Pensá.

—Le juro que no. Nada.

Pero para sus adentros empezó a considerar algunas opciones. Por ejemplo: ¿lo habría visto la directora cuando le daba un beso a Gabriela? ¿Estaría prohibido dar besos en las cercanías de la escuela? No tenía experiencia alguna al respecto, considerando que había sido su primer beso, pero le parecía que no podía recibir una sanción por semejante cosa.

Entró a la oficina de Corti nerviosísimo. La directora le indicó que se acercara y tomara asiento. Hasta último momento, Maximiliano albergó la esperanza de que se tratara de un error.

—¿Usted me necesitaba a mí?

—Sí, Ordóñez —la directora lo miraba seriamente—. Necesito hablarte de un asunto.

—¿Sí?

—La cuestión de la pulsera.

Soné, pensó Maximiliano. Ahora sí estaba seguro de que la directora los había visto en el preciso momento del beso, un instante después de que él abrochara la pulsera en torno a la muñeca de Gabriela. Capturados *in fraganti*, nada menos.

—Pero no estábamos en la escuela —dijo.

Leonor Corti lo miró extrañada.

—¿Y eso qué tiene que ver?

—No sé... ¿A qué cuestión se refiere usted?

—La pulsera, Ordóñez. La encontraste por la calle. Yo te vi.

—¿Sí?

—Bueno, necesito recuperarla.

Maximiliano se mordió el labio y puso cara de desesperación.

—¿Era suya?

—Sí y no. Es decir, se me cayó a mí, pero en realidad es de otra persona. Una chica. Y la necesita con urgencia. ¿Cuál es el problema?

—Es que... no la tengo.

—¿No la tenés? ¿Y quién la tiene?

—Mi novia.

—¿Tu novia? —La directora levantó mucho las cejas.— Bueno, le decís que hay que devolverla y listo.

Maximiliano hizo silencio un momento y se preguntó qué era peor: una sanción o quitarle a Gabriela la pulsera que le había regalado. Después de seis años de espera, ahora que había conseguido que fuera su novia corría el riesgo de perderla por una maldita pulsera. Decidió que prefería la sanción.

—No se la puedo quitar —explicó—. Se

la regalé.

Leonor Curti suspiró pesadamente.

—Mirá, Ordóñez —mientras hablaba empezó a sacarse la pulsera que le había obsequiado Viktor—. No te estoy preguntando si podés hacerlo, te estoy diciendo que ES NECESARIO hacerlo. Esa pulsera es un recuerdo de familia, muy importante para esta persona que acabo de mencionar. Importantísima. De modo que la vas a conseguir. A cambio, le podés dar ésta a tu novia.

Maximiliano la agarró, pero no dijo nada. Ella lo miró con impaciencia.

—Bueno, ¿qué esperás? En el próximo recreo quiero acá la pulsera.

Bajó la escalera pensando cuál era la manera menos mala de plantearle el asunto a Gabriela. Definitivamente, no había una manera buena: cualquier cosa que dijera, corría el riesgo de que ella se enojara. ¿Cómo explicarle que había encontrado en el suelo el regalo que le hizo? ¿Cómo no iba a considerarlo un tonto, un oportunista, un tacaño incapaz de comprar un regalo de verdad? Lo más probable, pensó, era que ella pusiera en duda su decisión: ahora pensaría que se había equivocado al no elegir a Spadavecchia. No podía creer en su mala suerte: le había costado tanto vencer su timidez y, cuando finalmente lo había logrado, todo estaba a punto de irse al diablo. Pero tampoco tenía demasiado tiempo para pensarlo, de modo que apenas entró al aula fue al grano.

—Gaby, tengo algo que decirte.

En la cara de ella se reflejó una cierta inquietud.

—¿Sí?

—Es sobre la pulsera que te di.

La inquietud se acentuó.

—¿Qué pasa con la pulsera?

—Que me equivoqué. Y necesito que me la des.

Cuando dijo eso, Maximiliano pensó que, definitivamente, todo estaba perdido. La expresión de Gabriela era un fiel reflejo de su desilusión. Seguramente ya estaba pensando en engancharse con Spadavecchia el sábado.

—¿Cómo que te equivocaste? —preguntó con un hilo de voz.

—En realidad tenía que darte ésta —Maximiliano sacó de su bolsillo la pulsera que le había entregado la directora—. Pero como estaba un poco nervioso, por error te di la otra, que había encontrado en el camino. Es de alguien que ahora la necesita. Resultó que era importante: un recuerdo de familia.

Gabriela frunció el ceño y no extendió la mano para agarrar la pulsera. Mal signo, pensó Maximiliano.

—Mirá, Maxi, hay un problema.

—¿Qué?

—No sé cómo decirte esto, pero... —en este punto él estuvo seguro de que a la relación no le quedaban más de cinco segundos— la perdí.

—¿La perdiste?

De pronto se dio cuenta que no se veía enojada, sino mortificada y una sensación de profundo alivio recorrió su cuerpo. Ella, en cambio, se mostraba incómoda.

—No es que no me importara, te lo juro, me encantó que me la dieras. Sólo que me la saqué en el gimnasio para lavarme las manos y la dejé olvidada ahí. Fue apenas un rato, pero cuando volví a buscarla ya no estaba. Me sentí horrible, no podés imaginarte. Tenés que perdonarme, por favor.

—Ah, claro —sin darse cuenta, Maximiliano estaba sonriendo—. La perdiste. Creo que no es tan grave. Igual vamos a tener que buscarla. Y te doy esta.

En el siguiente recreo subieron a informarle a la directora que la gestión había sido infructuosa: tampoco Gabriela tenía la pulsera.

A Maximiliano le pareció que Leonor Corti no se tomaba el asunto nada bien. Se la notaba bastante irritada cuando le dijo que los autorizaba a salir cinco minutos, sólo lo suficiente para correr hasta el gimnasio y averiguar si alguna persona la había visto: quizá la tenían guardada. Pero tampoco ahí tuvieron éxito: una chica que usaba un extraño rodete con moño les explicó que Nina Tamburini, la mujer que tenía la única llave del armario de objetos perdidos, se había tomado el día franco. Tendrían que pasar al día siguiente para verla.

Esa noticia le cayó aún peor a la directora, a juzgar por su cara. Igual, aunque intentó mostrarse serio y preocupado, a Maximiliano ya no le importaba nada de la directora ni de la pulsera. Gabriela llevaba puesta la nueva y le sonreía. Guido Spadavecchia no tenía posibilidades. Ni la más mínima.

8. Nina Tamburini, un día y medio

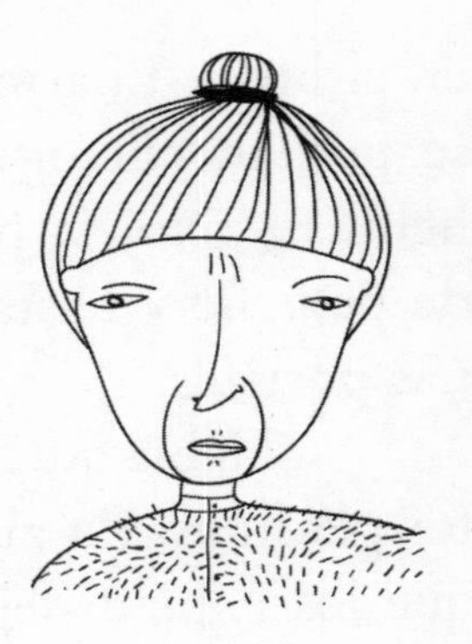

La señora Nina Tamburini era famosa por tener el peor carácter del barrio y tal vez de toda la ciudad. Sobre este punto había un consenso absoluto entre sus familiares y conocidos. Siempre había sido irritable, quejosa y criticona, pero esas características se habían ido incrementando con los años. Por ese motivo, la gente tendía cada vez más a evitarla, lo que producía en ella un renovado y vigoroso malhumor que espantaba aún más a sus relaciones y así el círculo no tenía fin.

Desde hacía varios años, Nina estaba a cargo del gimnasio que utilizaban conjuntamente cuatro escuelas de la zona. Ella debía coordinar los horarios y ocuparse de que todo funcionara correctamente. También tenía la única llave disponible del armario donde se guardaban los objetos que chicos y chicas olvidaban constantemente en el lugar. El armario estaba siempre lleno: allí se podían encontrar paraguas, medias, toallas, hebillas, relojes, pañuelos, libros, un viejo oso de peluche y hasta un inesperado par de pestañas postizas.

Había quienes nunca reclamaban los objetos perdidos. En algunos casos, ni siquiera sabían que los habían dejado olvidados allí. En otros, preferían perderlos definitivamente antes que enfrentarse a los ácidos comentarios de Nina, quien consideraba que en la actualidad los chicos eran unos tontos cabezas huecas, incapaces de cuidar sus pertenencias, y no se privaba de repetirlo en cada oportunidad posible.

El miércoles 7 de junio Nina había ido a revisar el baño de mujeres después de que le informaran sobre una canilla que perdía. Fue entonces cuando vio, junto a uno de los lavatorios, una pulsera olvidada. La recogió mientras mascullaba uno de sus típicos comentarios sobre el escaso contenido del cerebro de las adolescentes y la llevó a su despacho. Pero en el momento en que iba a guardarla en el armario le echó una segunda mirada. Le pareció una linda pulsera. Y por primera vez Nina Tamburini pensó en guardarse un objeto perdido. Al día siguiente era su cumpleaños y le gustaba la idea de llevarla puesta durante la celebración. Para ella no se trataba de un robo: lo más probable era que esa pulsera quedara para siempre juntando polvo en el armario y simplemente la estaba salvando de ese destino. De modo que se la puso y se fue a su casa. Tenía por delante un día libre, ya que siempre se tomaba franco su cumpleaños, pero esta vez no estaba segura de que las cosas fueran a salir bien.

Hacía un año que Nina vivía sola, después de que su única hija, Vanesa, se recibiera de maestra y se mudara a un departamento compartido con amigas. Y hacía exactamente un mes y dieciocho días que no se veían ni hablaban por teléfono. La última visión de su hija había sido junto a la puerta, un instante antes de que la cerrase con un golpe que hizo estremecer la casa y gritara:

—¡Siempre la misma bruja!

Es que Vanesa se había enojado terriblemente cuando su madre le dijo que su nuevo novio, Mauricio, tenía las uñas sucias y cara de fracasado. A juicio de Nina, el comentario no merecía semejante reacción: al menos lo de las uñas sucias era una realidad innegable. Pero Vanesa se había ofendido y no quería hablarle.

El miércoles 7 junio, Nina hizo el camino de regreso a su casa pensando qué pasaría el día siguiente. Era una tradición que el día de su cumpleaños ella preparaba una opulenta comida para un grupo numeroso de personas. Además de su mal carácter, había otra característica de Nina en la que coincidían todos sus allegados: era una excelente cocinera. De las mejores. Aun así, la cantidad de participantes de su celebración se había ido reduciendo con los años, en forma inversamente proporcional al crecimiento de su malhumor. En los últimos cumpleaños sólo habían estado sus amigas Rita y Mirna, además de Vanesa y, en ocasiones (es decir, cuando lo tenía), su novio. Este año, sin embargo, Mirna ya le había avisado que no podría estar presente porque uno de sus hijos recibía su título de ingeniero. Y Vanesa... quién sabe si vendría. Lo que a Nina le parecía seguro era que no estaría el novio de las uñas sucias.

Una gran comida sólo para Rita le parecía a Nina una exageración. Venía pensando en la posibilidad de invitar a Yoli Maqueda, una empleada nueva del gimnasio, con quien hasta el momento nunca se había peleado, probablemente por dos motivos: sólo llevaba ocho días trabajando allí y ella venía refrenándose de decirle lo que pensaba sobre el moño que usaba en la cabeza y su forma de vestir.

Se detuvo frente a la frutería, porque vio unas frambuesas estupendas que le servirían para la torta que pensaba preparar. Acababa de pedir que le embolsaran medio kilo cuando vio pasar a su hija.

—¡Vanesa!

—Mamá. Qué sorpresa.

—¿Qué hacías por acá? ¿Vas a casa?

—No, vengo de dar clase a mi alumno particular. Es acá a la vuelta.

—Ah, es cierto.

—¿Y vos qué hacías? —preguntó Vanesa.

—Estoy comprando frambuesas. Para un pastel.

—Claro. Mañana es tu cumpleaños.

Al menos se había acordado, pensó Nina, y ese descubrimiento la alegró. Esperó, para ver si su hija agregaba algún comentario sobre el evento, pero no hubo nada.

—¿No querés tomar un café en casa?

Vanesa vaciló.

—Está bien —dijo al fin—. Pero sólo me voy a quedar un ratito por que estoy apurada.

A Nina le hubiera gustado preguntarle en el camino si pensaba participar de su comida de cumpleaños al día siguiente, pero temía demasiado la respuesta y no se decidía a hacerlo. En realidad, Vanesa tampoco se atrevía a sacar el tema, de modo que hablaron de todo tipo de cuestiones sin importancia hasta el momento en que Nina empezó a servir el café y Vanesa observó su muñeca.

—Qué linda pulsera. ¿La compraste?

Nina había olvidado completamente ese asunto y ahora se sintió avergonzada de reconocer ante su hija que se había llevado un objeto ajeno. Prefirió inventar una explicación.

—No, me la dio una chica para que se la cuidara durante la clase de gimnasia y después se olvidó de pedírmela.

—Qué bien. Eso significa que te estás llevando mejor con las chicas.

—Si nunca me llevé mal...

—Mamá...

—Bueno, quizá sí, pero son ellas las que...

—Mamá...

Nina se quedó callada unos segundos, hasta que no pudo más.

—Bueno, basta —dijo golpeando la mesa—. Ya sé que tengo mal carácter. ¿Pero vas a venir a mi cumpleaños o no?

—Sí, basta —Vanesa también golpeó—. Voy a venir, pero voy a traer a Mauricio. Y ante tu primer comentario desagradable, ante la mínima alusión que me moleste, nos levantamos y nos vamos. ¿Te queda claro?

—Clarísimo —Nina sonrió—. Pensaba hacer tarteletas de atún, pollo a la crema de verdeo, mousse de chocolate y pastel de frambuesas.

—Mmmm —Vanesa también sonrió—. Exquisito.

La celebración salió razonablemente bien y Nina se lució por su sobriedad: sólo hizo dos comentarios irritantes y ninguno de ellos estuvo destinado a Mauricio, que por otra parte –observó sorprendida– tenía las uñas impecables.

Al día siguiente, cuando volvió al gimnasio, dejó la pulsera en el armario. Lo hizo con pesar, pero ya no podía quedársela o su hija iba a descubrir que le había mentido y no iba a gustarle nada. Minutos después apareció una chica que siempre andaba dando vueltas por el lugar, aun después de que terminaran sus clases. Se llamaba Nancy, pero todo el mundo le decía "Mano Dura" porque se comentaba que sus golpes eran letales.

Nina la observó acercarse. Tendría dieciséis o diecisiete años, espaldas anchas y unos brazos macizos y musculosos. Un aspecto general un poco intimidante.

—Hace unos días me olvidé una hebilla marrón, ¿me la busca? —le dijo sin preámbulos.

—Ahora estoy ocupada.

Nina fingió revisar las anotaciones de un cuaderno, con la esperanza de que la chica se fuera. No tenía ganas de buscarle nada.

—La espero —respondió Nancy y se paró a su lado, mirándola fijamente.

Nina sólo soportó cinco minutos. Después suspiró pesadamente, se puso de pie, y revisó el armario hasta localizar la caja con hebillas. Se tomó mucho tiempo para hacerlo, como para demostrarle que las cosas no eran tan fáciles y tenía que cuidar mejor lo que llevaba al gimnasio. Mientras se la alcanzaba repitió su habitual discurso sobre la responsabilidad. La chica ni siquiera le contestó. Hurgó rápidamente entre las hebillas de la caja, sacó una y al mismo tiempo señaló la pulsera, que había quedado a la vista.

—Y esa pulsera también es mía.

—¿Sí?

Nina la miró sorprendida y con un cierto desagrado.

—Sí, me la dejé el otro día —Mano Dura le sostuvo la mirada—. ¿Me la da?

Hubiera querido negársela, pero no encontró ningún buen motivo para hacerlo.

—Está bien.

La observó mientras salía. Pensó que era una chica verdaderamente odiosa, pero esta vez se cuidó de decirlo.

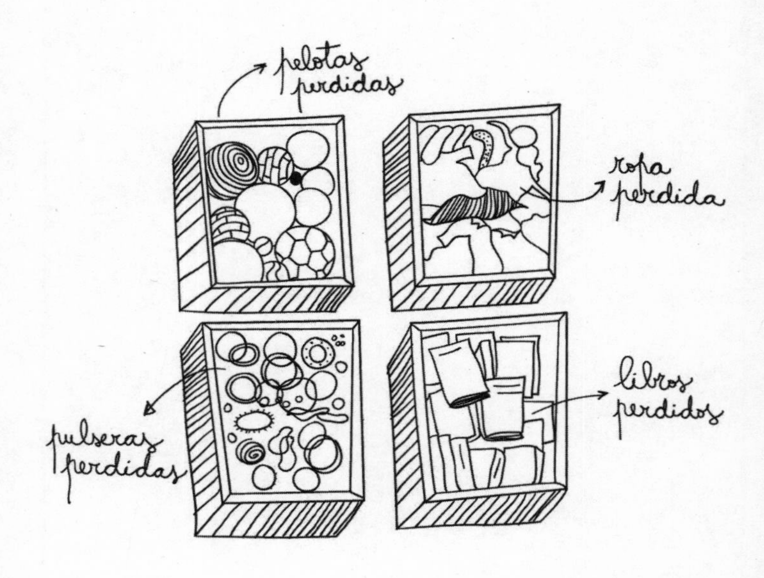

El viernes no fue un buen día para la directora Corti. Llevaba horas en la escuela sin poder concentrarse del todo en sus tareas, cuando Maximiliano Ordóñez tocó a su puerta. Al abrir notó que sonreía y eso le dio esperanzas: debía tener la pulsera.

—¿La encontraste? —preguntó

El chico inclinó la cabeza.

—No exactamente.

—¿No exactamente? ¿Y eso qué significa?

—No la encontré, pero sé dónde está. Le explico: mi novia y yo fuimos al gimnasio y la vimos a Nina Tamburini. ¿La conoce? Es una señora que siempre anda con cara de enojada y que...

—Los detalles no interesan, Ordóñez. ¿Tenía la pulsera?

—La tuvo, pero ya no la tiene.

—¿Y dónde está?

—Parece que vino una chica del secundario, dijo que era de ella y se la llevó. Se llama Nancy Montefiore, pero le dicen Mano Dura. La señora Nina está totalmente segura de que fue ella.

—¿Nancy?

La directora frunció el ceño con desagrado.

—¿La conoce?

—Sí, cursó acá la primaria. Es una chica muy difícil. ¿Y ahora qué podemos hacer?

—Mmm, ni idea. Parece complicado —Maximiliano echó una mirada general al despacho de la directora e intentó reprimir un bostezo, sin demasiado éxito. Después se puso de pie—. Bueno, me voy, tengo clase.

Leonor lo observó mientras abría la puerta.

—Ordóñez...

Él se dio vuelta.

—¿Sí?

—¿Se puede saber por qué sonreís?

—¿Yo? No, directora —dijo, disimulando la sonrisa—. Yo no estoy sonriendo.

Eso había sido sólo el comienzo. Luego el día se fue complicando con una cantidad de problemas de difícil resolución. La maestra de cuarto A se había quebrado una pierna y no conseguían sustituto.

La madre de Lucas Olmos, de segundo B, había venido a quejarse porque una chica le había dado un codazo en el ojo a su hijo y se lo había dejado negro. Y era urgente reemplazar la bandera, que se había rasgado con el viento. Eso sin tener en cuenta que llevaba un mes intentando que vinieran a arreglar la calefacción.

Cuando finalmente salió de la escuela, la directora Corti se sentía agobiada y de mal humor. Pero no se trataba sólo del trabajo. Sabía que por detrás de todas las complicaciones laborales había algo más que la estaba molestando. En los últimos días había empezado a poner en duda el plan de su viaje. De pronto, las dificultades que debía enfrentar se le hacían excesivas: no era sólo el costo del pasaje y su miedo a volar, sino también la sensación de que una excursión a Rusia era demasiado para encarar sola. Era un país extraño, que le daba miedo, pero, al mismo tiempo, el plan del viaje era lo que le había levantado el ánimo en los últimos días. Si renunciaba a él, todo volvía a aparecer gris y chato.

Mientras cruzaba el parque en dirección a su casa, vio a Viktor. Tenía que avisarle que las gestiones en torno a la pulsera no iban nada bien. Tampoco lo veía bien a él, pensó mientras le explicaba el asunto.

—¿Y usted no puede pedir pulsera a esa chica? —preguntó el ruso.

—No la veo hace años. Ahora va al secundario de la otra cuadra, a cuarto o quinto año. Pero, además —la directora meneó la cabeza preocupada—, no va a ser nada fácil. Es una chica extraña. Tiene muy mal carácter.

—Creo que es el mismo colegio de Isabel y Nicolás —dijo Viktor—. Que ellos pidan pulsera y listo. Se acaban los *problemos.*

—Problemas. Y no es tan sencillo, Viktor: Nancy es difícil.

—¿"Las" problemas?

—No, "los" problemas.

—Pero es con "a".

—Sí, pero es así. Sería largo de explicar y no es el momento —Leonor suspiró—. Todos tenemos problemas.

—Sí, muchas problemas —Viktor miró sus pulseras y encendedores—. Esto, por ejemplo: no va.

—¿Qué? ¿No se vende?

—Sí, vende, pero estuve haciendo cuentas. ¿O cuentos?

—Cuentas, supongo. ¿Y qué le dieron?

—Que a este paso y si ahorro todo, necesito seis años, cinco meses y doce días para tener dinero suficiente y traer familia. A esa altura ni van acordarse de mí.

—Lo que necesita es otro trabajo.

—Sí. ¿Usted no puede ayudar?

—¿Yo? —Leonor lo miró sorprendida—. ¿Cómo?

—Algún trabajo en escuela.

—No sé, tendría que averiguar. Quizás haya algo.

Viktor sonrió entusiasmado.

—Sí, *prrofesora,* algo. Lo que sea —le tomó la mano y se la sacudió con vigor—. Muchas gracias.

Leonor se alejó sintiéndose aún peor que antes. No sabía por qué se había comprometido así con Viktor. ¿Cómo podía ella contratar a un maestro ruso que ni siquiera hablaba bien castellano? Tendría que haberle dicho que no era posible y listo. Pero en cambio le había dado esperanzas y ahora tenía más problemas. Subió al ascensor deprimida, mientras pensaba que había sido uno de esos días en que hubiese sido mejor no salir de la cama. Pero aún le faltaba algo. Apenas abrió la puerta y puso un pie en su casa el corazón le saltó: había una enorme cucaracha en la mitad de la sala. Nunca antes había visto una tan grande. La directora se quedó paralizada y le pareció que el bicho movía las antenas burlándose de ella, como si le dijera "ésta es mi casa y no vas a poder entrar".

Agitada, retrocedió sobre sus pasos y golpeó nerviosamente en la puerta de Martiniano Luna. Cuando él abrió se dio cuenta de que algo andaba mal.

—¡Leonor! ¿Qué le pasa?

A ella le faltaba el aire.

—Hay una.

—¿Una qué?

—Cucaracha. Enorme.

—No se preocupe. Busco un arma y estoy con usted.

Segundos después salió con un voluminoso zapato en la mano. Recién entonces, Leonor Corti notó que su vecino tenía unos pies particularmente grandes.

—Usted quédese aquí afuera. Yo me encargo.

Cuatro decididos pasos le alcanzaron para llegar hasta el punto de ataque. Entonces, Martiniano Luna elevó su arma y atestó un golpe firme y definitivo sobre la inmunda cucaracha, cuya muerte pudo constatarse en el acto, ya que había quedado completamente aplanada. Después tomó un pedazo de papel de diario, levantó los restos y los arrojó a la basura.

—Listo, Leonor —dijo—. Hemos derrotado al enemigo.

Ella se apoyó contra la pared y respiró aliviada.

—Muchísimas gracias, no sabe el favor que me ha hecho. ¿Le puedo ofrecer un café?

—Sí —sonrió Martiniano—, un café estaría bien.

Mientras Leonor lo preparaba, su vecino dio vueltas por la sala, observando los libros de la biblioteca. Y de pronto sus ojos se toparon con unos folletos apoyados sobre la mesa ratona.

—¡Moscú! ¿No me diga que usted también está pensando en viajar?

En realidad, Leonor prácticamente había descartado la idea, pero no se atrevió a confesarlo.

—Sí, me gustaría ir. Hice algunas averiguaciones.

—¿En qué mes?

—Julio, tal vez.

—¡Qué casualidad! Yo tenía idea de ir en esa fecha. ¿No le gustaría que nos encontráramos para hacer algunos paseos? La verdad es que yo tenía ciertas dudas sobre este plan, porque no hablo bien otros idiomas y temía no entender nada. Pero seguro que usted sí.

—Sí, hablo bastante bien inglés y francés —Leonor sonrió tímidamente—. Podríamos considerarlo.

Esa noche la directora Corti se encontró pensando en que su vecino, además de ser un excelente exterminador de cucarachas, parecía ser un interesante compañero de viaje. Y que el plan de Moscú se veía cada vez mejor.

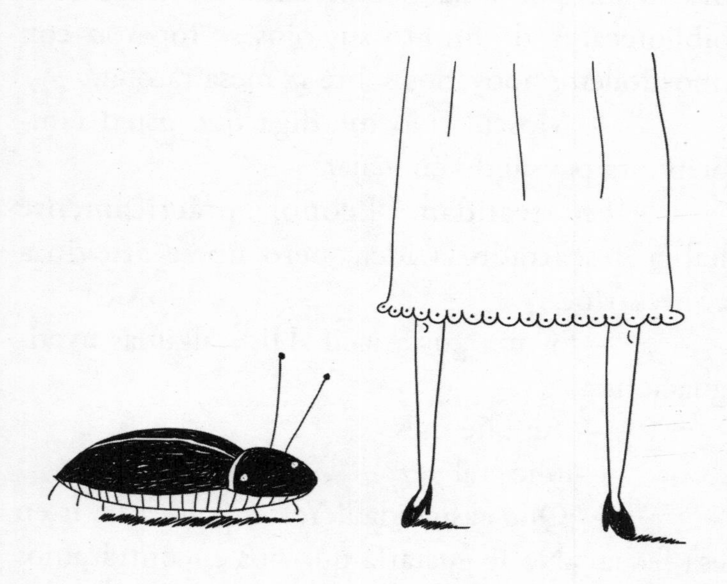

10. Nicolás la pasa mal, pero tiene una idea

El lunes 12 de junio la suerte de la directora Leonor Corti ya había mejorado, pero en cambio fue un mal día para Nicolás Costa. Un día horrible. En verdad, sus problemas habían empezado el domingo, cuando Isabel lo llamó por teléfono. Fue un hecho bastante insólito: Nicolás jamás recibía llamadas telefónicas y menos aún de una chica. Le costó reconocerla, porque hablaba en susurros.

—¿Nicolás?

—¿Quién es?

—Isabel.

—¿Qué te pasa?

—Estoy engripada. Y, además, en peligro.

—¿Peligro? ¿Por qué?

—Esta mañana mi mamá abrió el cajón donde guarda la pulsera. No se dio cuenta de que falta, pero dijo que esta semana lo va a ordenar, porque hay mucho lío y no se encuentra nada. Seguro que abre el estuche y ve que la pulsera no está. ¿Sabés qué significa eso? Que estoy muerta.

—¿Y qué podemos hacer?

—Ésa es la cuestión: ayer pasé por el parque y vi a Viktor. Ya saben quién la tiene.

—¿Quién?

—Una chica de nuestro colegio. Se llama Nancy Montefiore, está en quinto año. La vimos hace poco jugando un partido de básquet.

—¿Cuál es?

—Una grandota. Le dicen Mano Dura.

—No me digas que es la que mordía y empujaba a las del equipo contrario.

—Sí, esa.

—Es una bestia. ¿Y qué pensás hacer?

—Bueno, por eso te llamo —la voz de Isabel se adelgazó un poco más—. Yo estoy con fiebre y no me dejan ir al colegio mañana. Quería preguntarte si podés hablar con ella y pedirle la pulsera antes de que mi mamá se dé cuenta de que falta.

—¿Yo?

Al otro lado hubo un silencio. Nicolás pensó que, si así era tener amigos, quizá después de todo no era tan buena idea.

—Por favor...

La voz de Isabel ya se estaba quebrando.

—Bueno, voy a tratar.

Cuando cortó, Nicolás pensó que podía anticipar todo lo que sucedería al día siguiente: él intentaría recuperar la pulsera y fracasaría como un idiota. Odiaba que su futuro fuese tan previsible, pero no podía negarse al pedido de Isabel. Intentó imaginar alguna estrategia que le garantizase el éxito, pero llegó rápidamente a la conclusión de que no había ningún buen motivo por el cual la chica pudiera querer devolverle la pulsera.

Lamentablemente, sucedió tal como imaginaba. El lunes esperó hasta el primer recreo antes de recorrer el pasillo que separaba su aula de la de quinto año. No le costó encontrar a Mano Dura: sobresalía por su volumen entre todas las demás chicas.

—Nancy —dijo suavemente.

Ella giró y lo miró con una sonrisa burlona.

—¿Y vos quién sos, cuatro ojos?

—Me llamo Nicolás Costa, soy de primero. Vengo a verte por la pulsera.

Sus ojos se dirigieron a la muñeca de Mano Dura: ahí estaba. No había duda de que era la misma. Pero ella bajó la mano y endureció el tono.

—¿Qué pulsera?

—La que vos encontraste en el gimnasio. La perdió una amiga mía. Y para ella es muy importante: es un recuerdo en su familia. Están convencidos de que da suerte. Mirá, necesita recuperarla con urgencia.

—No sé de qué estás hablando, cuatro ojos. Mejor andate.

—De verdad, Nancy, la pulsera era de su abuela y...

Mano Dura dio un paso adelante y observó a Nicolás desde su gigantesca altura.

—Te conviene irte, enano. Porque, si en los próximos veinte segundos todavía estás acá, voy a incrustarte esos anteojos en la cara.

Nicolás decidió tomarse el consejo en serio.

Sus desgracias tuvieron un segundo capítulo un rato más tarde. Pero esta vez –pensó después, cuando ya nada podía hacer– tuvo parte de la culpa. La profesora de matemática, Irene Capuchini, que normalmente era bastante odiosa, entró más malhumorada que de costumbre. Por supuesto que ellos no eran responsables de su malhumor, pero suele suceder que la gente se descarga con el que tiene más a mano y ese día los alumnos de primer año fueron el blanco de su ira. Apenas llegó, se le ocurrió llamar al frente a Bernardo Cozinsky, que estaba siempre en la luna. Le pidió que resolviera un problema particularmente difícil, pero Cozinsky no sabía ni por dónde empezar. A él lo siguieron Marcela Hierro, Claudia Molloy y Rubén Azuray, que demostraron a todas luces que llevaban varios meses sin entender una palabra de lo que sucedía en la clase de matemática. Cada vez más irritada, la profesora Capuchini siguió llamando a buena parte del curso y con cada uno subían un grado su nivel de ira y el tipo de adjetivo que elegía: les dijo distraídos, descuidados, vagos, dejados y hasta vándalos (este último varios lo tuvieron que buscar después en el diccionario). Finalmente llamó a Nicolás.

Más tarde, él consideró que debió haber actuado como los demás, es decir, fingir que no tenía idea de nada. Pero no lo hizo. En cambio, resolvió en pocos minutos el problema y explicó perfectamente bien las diferentes maneras de abordarlo. Capuchini sonrió y aprovechó para seguir abochornando a todo el resto: les dijo que, si Nicolás podía hacerlo, los otros también tendrían los conocimientos suficientes si prestaran atención y que eso demostraba que eran unos inconscientes, ineptos, necios y mentecatos (ésta la buscaron casi todos).

Cuando finalmente se fue, decenas de pares de ojos se volvieron hacia Nicolás. Sus adjetivos fueron menos imaginativos que los de la profesora.

—Aparato.

—Traidor.

—*Freak*.

—Bicho raro.

Se fue a su casa amargado. No sólo por la reacción de sus compañeros (en verdad estaba habituado a sentirse completamente distinto de la gente de su edad), sino porque pensaba que Isabel, la única que lo trataba con afecto, le había pedido un favor y él había fracasado. Y fue entonces cuando se le ocurrió la idea, lo cual a su modo de ver fue simplemente causa y consecuencia: a mayor presión, decía, más trabajaba el cerebro. Atravesó la plaza en busca de Viktor y lo encontró en una esquina, voceando sus productos (ahora también tenía collares, observó). En pocas palabras, le explicó el rotundo fracaso de su gestión ante Mano Dura.

—¿Y ahora qué hace tu hermana? —preguntó Viktor.

Nicolás resopló enojado.

—No es...

—Ya sé —Viktor sonreía—. Ya me enteré, no es hermana. Pero tu cara es *graciesa* cuando lo digo.

—¿Graciosa?

—Sí, chico, *graciesa*. Bueno, ¿qué hace

ahora?

—Tengo una idea.

—Escucho.

—Tenemos que conseguir una igual.

—¿Igual?

—Sí, una pulsera idéntica. Usted hace pulseras: la puede fabricar. Se la damos a Isabel y nadie va a sospechar que es falsa.

Viktor quedó pensativo.

—Puedo, sí, tengo pulsera en la cabeza... Pero no va a ser verdadera.

—¿Y?

—Y está el asunto de la suerte...

—¿Qué importa? Quizá, si ellos piensan que es la verdadera, hasta les trae suerte.

Ahora Viktor frunció el ceño.

—Pero no será.

—¿Usted cree eso de la suerte?

—No sé —el ruso se encogió de hombros—. Quizá.

—Bueno —suspiró Nicolás—. A Isabel le decimos la verdad, pero esto la salva en la casa. Y la seguimos buscando.

Viktor asintió.

—Está bien. Hagamos un dibujo.

Trazó un rápido esquema de la pulsera y dibujó la ubicación de las piedras.

—Azules y blancas. Hay que comprar.

—Sí, exacto. Puedo contribuir para los materiales —Nicolás sacó unos billetes de su bolsillo—. Nunca gasto lo que me dan en casa para salir.

—Bueno, que sea a medias —Viktor tomó algo de dinero y le extendió formalmente la mano.

—Entonces *treto* hecho.

Nicolás sonrió.

—Sí, trato hecho.

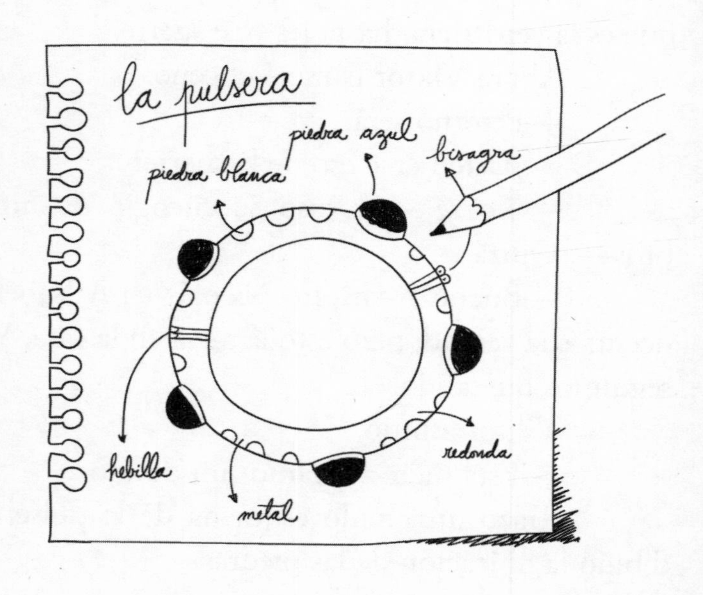

11. Nancy "Mano Dura" Montefiore: tres días

Nancy Montefiore era una chica mala y le gustaba. No siempre había sido mala: en una época sólo era una chica común y corriente, sin nada que la hiciera especial. No le iba muy bien en el colegio, no era demasiado linda, no brillaba por su humor, por su inteligencia ni por su simpatía. Aunque era bastante buena en los deportes, no había encontrado ninguno en el que pudiera destacar: le faltaba gracia para la gimnasia y puntería para el básquet.

Ya desde chica solía perder la paciencia demasiado rápido y tendía a empujar o sacudir a sus compañeros. Pero un día, cuando tenía trece años, se peleó a puñetazo limpio. El motivo fue intrascendente: una palabra de más, una discusión que fue elevando el tono. Hasta que una golpeó, la otra respondió y Nancy tiró un derechazo tan contundente que su contrincante cayó redonda al piso. Ese día se ganó el apodo de Mano Dura.

Su fama de mala se fue expandiendo y descubrió que lo disfrutaba. Era temida. Tenía pocos amigos, sí, pero en verdad nunca había tenido muchos. Y una vez que se convirtió en Mano Dura, ya no hubo marcha atrás: la gente esperaba que reaccionara siempre mal y ella los complacía. Veía que sus erupciones violentas provocaban temor en algunos y una mirada teñida de admiración en otros. Y si bien por momentos –aunque esto no se lo confesaba a nadie– estaba un poco cansada de ser mala, encontraba que le aportaba notorias ventajas.

El viernes 9 de junio, Nancy se había quedado en el gimnasio después de la clase. Estaba un poco fastidiada porque durante la práctica de básquet no había logrado hacer un solo tanto. Por eso, cuando el resto de sus compañeras se fue, decidió seguir intentando un rato más. En realidad lo que quería era no volver temprano a su casa. Esa mañana había tenido una pelea con su padre a propósito de sus notas. No es que fueran tan tremendamente malas, sólo tenía que levantar tres materias. Pero su padre no había tenido mejor idea que compararla una vez más con su hermana Ludmila, la chica perfecta, que había traído como siempre un ramillete de dieces. Y si había algo que Nancy detestaba en la vida era que la comparasen todo el día con Ludmila.

Por mucho que se esmeró, la práctica no hizo sino empeorar su humor: sobre veinte intentos al aro, sólo logró embocar siete veces, un porcentaje que le pareció lamentable. Mientras guardaba la pelota vio que la encargada del lugar, una tal Nina, la observaba. Era una mujer absolutamente odiosa, que siempre estaba mirando lo que hacían los demás con cara de desaprobación. Nancy sintió un intenso deseo de hacer algo que la molestara. Pensó en pedirle una cosa, cualquier cosa: si había algo que parecía desagradarle era que la gente le reclamase objetos perdidos. Una hebilla, pensó, seguro que alguien había dejado olvidada una hebilla.

Mientras la mujer la buscaba con evidente malhumor, Nancy vio en un estante del armario una pulsera. No supo bien por qué le llamó la atención, en verdad ella no solía usar ese tipo de cosas. Pero en ese momento la quiso. La reticencia y el desagrado que mostró Nina cuando se la pidió no hizo sino aumentar su deseo: ahora sí que había logrado molestarla. Salió de allí sintiéndose mucho mejor.

Le hizo gracia el chico que fue a pedirle la pulsera el lunes siguiente. Era increíblemente bajo, usaba anteojos y tenía dientes de ratón. En otra situación podría habérsela entregado, pero un par de compañeros de curso (entre ellos Mauro Moro, un *darkie* que le parecía muy interesante) estaban observando la escena y hubiese sido muy malo para su imagen mostrarse tan blanda. De modo que reaccionó de la forma clásica, prometiéndole unos buenos golpes si no desaparecía de su vista de inmediato. No tardó en olvidarse del episodio, sobre todo porque esa tarde sucedió algo trascendente para su vida.

Había dado vueltas por el gimnasio una media hora, buscando infructuosamente algo que hacer después de clase cuando la vio. Era una puerta ubicada en un nivel inferior, al final de una pequeña escalera. Tenía un cartel que decía "No entrar" y hasta ese momento siempre la había visto cerrada. Pero ahora la habían dejado entornada y Nancy no pudo resistir la curiosidad de bajar y asomarse al interior. Lo que vio la fascinó: una sala para practicar boxeo. Había un cuadrilátero, un par de bolsas para golpear, guantes y sogas para saltar. Y estaba vacía.

Nancy entró sigilosamente, se calzó un par de guantes rojos y se puso a golpear una bolsa. Siempre había deseado hacer eso y una vez que empezó sintió que no podía parar: izquierda, derecha, izquierda, derecha, izquierda, derecha. El resto del mundo había desaparecido y sólo estaban sus puños, que golpeaban rítmica y perfectamente coordinados. Cuando finalmente se detuvo oyó tres lentos aplausos a su espalda. Se dio vuelta sobresaltada: un tipo corpulento la miraba burlón.

—Bien, muy bien. ¿Y se puede saber quién sos...?

Nancy se sacó los guantes a toda velocidad.

—Ya me iba.

—No, no te vayas. Lo hacés bien, de verdad —se adelantó y le extendió la mano—. Beto Aguilar, entrenador. Me dicen Rengo. ¿No te gustaría ser boxeadora?

—¿Qué?

Lo miró atentamente. El hombre dio unos pasos y los motivos del apodo fueron evidentes. Le sonrió.

—Tenés cualidades. Y las mujeres boxeadoras están de moda. Yo puedo prepararte y creo que harías una buena carrera.

—¿De verdad?

—De verdad. Veamos un poco más: ponete otra vez los guantes. Quiero ver cómo manejás los pies.

Nancy empezó a calzárselos. Se sentía nerviosa y excitada.

—Pero no me dijiste tu nombre.

—Nancy Montefiore.

—Buen nombre. Aunque necesitarías un apodo.

Ella empezó a darle otra vez a la bolsa.

—Tengo uno —dijo agitada—. Me dicen Mano Dura.

—¿Mano Dura? —Aguilar sonrió—. Me encanta.

Ese día Nancy volvió saltando a su casa, de pura excitación. Estaba tan emocionada con lo que había pasado que no podía pensar en otra cosa. Menos que nada en esos horrendos problemas de matemática que le habían dado. Era la materia donde más necesitaba mejorar la nota, pero, por mucho que miró los números, no logró concentrarse. Empezó a imaginarse que luchaban entre ellos y que el 7 con su punta amenazante atacaba al 8, que, incapaz de defenderse, caía sobre su panza y rebotaba una y otra vez.

Cuando empezaba a elaborar la estrategia con que el 1 saldría en defensa del 8, concluyó que se estaba poniendo muy estúpida y no tendría más alternativa que acudir a su hermana, la perfecta y brillante Ludmila.

Nancy y Ludmila tenían una relación muy variable, donde el odio y el amor alternaban casi a diario. Nancy odiaba que su hermana fuese la preferida de la casa y que todos festejaran cada vez que se sacaba un diez, lo cual sucedía con irritante frecuencia. Y Ludmila detestaba que Nancy fuese tan brusca, que perdiese la paciencia con demasiada facilidad y a veces le pegara. Pero últimamente habían logrado resolver muchos de sus problemas a través de la negociación y en más de una oportunidad habían hecho frente común ante sus padres. Ahora la encontró inclinada sobre sus libros. Ludmila casi ni levantó la cabeza cuando le explicó la situación: necesitaba ayuda con los problemas.

—Hoy no puedo hacértelos. Tengo mucha tarea propia.

—Es imprescindible, Lud.

—Te digo que no, hoy no. Quizá mañana.

—Tiene que ser hoy. ¿Qué querés a cambio?

Su hermana giró y, ahora así, la miró con atención. Le sorprendió ver en su muñeca una pulsera, algo absolutamente inusual en ella.

—Eso.

A Nancy le dio un poco de pena perderla, pero no había remedio. Prioridades son prioridades, pensó, y le entregó la pulsera a Ludmila.

—Dicen que da suerte —le dijo.

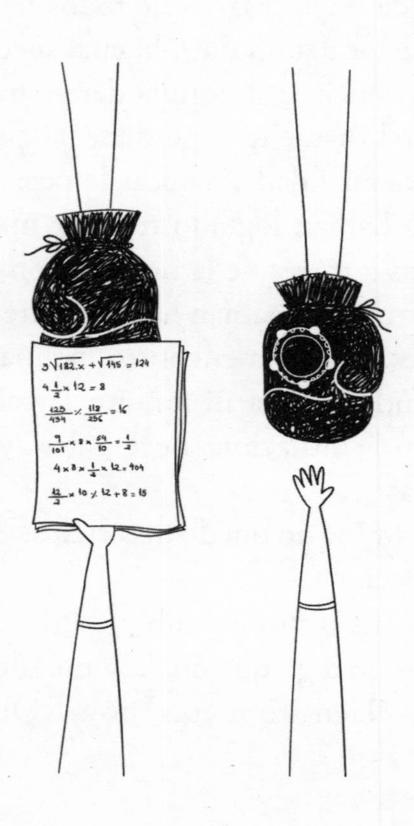

12. Isabel tiene un reemplazo y una estrategia

Después de pasar dos días en cama, Isabel volvió el miércoles a la escuela. Se veía más flaca y un poco pálida, pero, según le dijo a Nicolás al salir, las cosas no le habían ido tan mal: su madre aún no había tenido el tiempo suficiente para ordenar el cajón. Entonces sus ojos lo interrogaron.

—¿Y cómo te fue?

—Un desastre —respondió él y en pocas palabras le contó el fracaso de su gestión ante Mano Dura.

Le pareció que a ella le costaba digerir la noticia. Era el momento para introducir su idea.

—¿Qué pensarías si te dijera que Viktor tiene la pulsera? —preguntó.

—Que estás loco. ¿No me acabás de decir que la tiene Mano Dura?

—Sí, pero también la tiene Viktor.

Isabel se detuvo y lo miró frunciendo el ceño.

—¿Me estás tomando el pelo, Nicolás?

Él le explicó su idea: una pulsera idéntica. Y ya estaba hecha.

—¿Entendés? Es perfecta. Nadie se va a dar cuenta.

Isabel sonrió.

—Qué bueno —dijo en un tono que a Nicolás le sonó triste—, te agradezco mucho.

—Pero no estás contenta.

—Sí, sí. Sólo que... no es lo mismo.

—Es igual. Viktor me la mostró ayer: idéntica.

—No es eso. Es que no sería la verdadera. La que le salvó la vida a mi abuela.

—Pero nadie lo va a saber.

Isabel suspiró.

—Es que es ésa la que trae suerte. En algún momento mi mamá me la iba a entregar. Y yo la iba a conservar mucho tiempo, hasta que tuviera una hija grande. Entonces se la iba a dar a ella, y así... Yo creía que si la tenía nunca podría pasarme nada muy malo. Ya sé, no me lo digas, te parezco una tarada.

—No, no me parecés una tarada. Además, yo sé lo que le parezco a todo el mundo: un aparato. Un *freak*: me lo dijeron. Me odian.

—No creo que sea para tanto... ¿Por qué nunca te hacés amigos?

—Creo que no sé hacerlo.

—No es tan difícil. Bueno, quizá les pase lo mismo a todos los genios. La verdad es que antes me parecías un aparato. Pero ahora no. Con vos está todo bien.

—¿De verdad?

—De verdad.

Encontraron a Viktor en la plaza. Apenas los vio, sacó la pulsera de su bolsillo y la expuso ante los ojos de Isabel.

—Señorita, su pulsera.

Isabel sonrió con esfuerzo.

—Gracias, está genial.

—No, tan *geniol* no —Viktor la observó y pensó que con esa palidez Isabel se parecía aún más a Inga—. Pero está bien. Ya vamos a encontrar verdadera, no se preocupe.

Se calló porque en ese momento se acercó una pareja de chicos. Iban de la mano y a Viktor le pareció evidente que era la chica quien marcaba el rumbo y que el chico la seguía sin importarle a dónde, completamente subyugado. Por algún motivo eso le pareció conmovedor. Ella murmuró algo acerca de un regalo que necesitaba hacer y se dedicó a observar los aros, hasta que de pronto desvió su mirada y la clavó en la pulsera que Isabel acababa de apoyar en la bandeja, mientras se ataba los cordones. Codeó al muchacho y le susurró algo al oído. Después miró a Viktor.

—Esa pulsera —señaló—. ¿Está en venta?

—No —dijo Viktor—. Es de ella. Pero tengo otras parecidas. Puedo mostrar.

—No, no, me interesa ésa. ¿La hizo usted?

—Sí. ¿Por qué?

—Por nada.

Por un momento todos se miraron. Hubo en esas miradas una luz de reconocimiento que circuló de uno a otro.

—Ordóñez —dijo de pronto Viktor señalando al chico—. Séptimo B.

Maximiliano abrió grandes los ojos.

—¿Cómo sabe?

—Me dijo la profesora Leonor. El que la encontró en la calle. Y la volvió a perder.

—Sí, se la regalé a ella, que se la dejó olvidada en el gimnasio. Lo lamentamos —la miró a Isabel—. Vos debés ser la dueña. ¿Entonces la recuperaron?

—No.

Maximiliano volvió a observar la pulsera y levantó la vista, confundido.

—¿Cómo que no?

—Es una copia —le explicó Nicolás—. Seguimos buscando la verdadera. Es muy importante que la encontremos: tiene un valor afectivo para la familia de ella.

Cuando Isabel lo oyó, se sintió extrañamente emocionada y estuvo a punto de llorar otra vez, pero pensó que eso iba a aumentar su imagen de tonta sentimental y se contuvo. Miró a Maximiliano y a Gabriela.

—¿Ustedes conocen a la que la tiene?

—¿A Mano Dura? Sólo de vista. No te la recomiendo —dijo Gabriela.

—¿Y si fuéramos todos a pedírsela? —Isabel sonrió, momentáneamente ilusionada—. Quizá si los cuatro le explicamos todo el asunto, cómo fue perdida y encontrada... ¿no les parece una buena idea?

Todos la miraron en silencio. Era obvio que no les parecía.

—Nos tira un golpe a cada uno y nos hace papilla así de rápido —Nicolás golpeó las manos cuatro veces, como si fueran las cachetadas con que Nancy iba a bombardearlos.

—Pero si querés podemos probar —dijo débilmente Gabriela, que aún no había dejado de sentirse culpable por olvidar la pulsera—. Los viernes, ella suele llegar al gimnasio cuando yo salgo, a las tres. Podríamos hacerlo...

—Sí, encontrémonos en la esquina del gimnasio —sonrió Isabel—. El viernes, dos y media.

La cita quedó hecha y después de saludarse todos siguieron su camino. El silencio de Nicolás le hizo pensar a Isabel que él reprobaba completamente el plan.

—Te parece mal.

—¿Qué? No, para nada, no es eso. Estaba pensando en otra cosa. ¿En serio ya no creés que soy un *freak*?

—En serio. Sos un poco... —agitó la mano, sin encontrar la palabra.

—¿Qué?

—Distinto. Un poco distinto. Pero me caés bien.

—Gracias —dijo él y sonrió.

13. Nina la quiere recuperar y amenaza

Nina Tamburini estaba molesta. Esto no era extraño, ya que se pasaba la mayor parte del tiempo en ese estado, pero ahora estaba más molesta que de costumbre: enormemente molesta. Sólo que no sabía exactamente por qué.

No se debía esta vez a un problema familiar, eso lo tenía claro. Después de su cumpleaños, había hablado por teléfono con Vanesa y la conversación había ido muy bien. Su hija quería saber qué pensaba ahora de Mauricio y ella hizo un gran esfuerzo por ser positiva: le dijo que le parecía agradable y que celebraba que finalmente se hubiese limpiado las uñas.

El malestar era en verdad más reciente. Tal vez estaba relacionado con Nancy Montefiore, con quien acababa de cruzarse en la entrada del gimnasio. Tras pasar a su lado sin decirle una palabra, la chica se había metido en la sala de boxeo.

Nina no tenía injerencia en esa sala: era independiente del gimnasio y la alquilaba el entrenador Aguilar. Normalmente no veía a nadie ahí, ya que la mayoría de los muchachos de Aguilar caía cuando la actividad de las escuelas había terminado. Pero días atrás el entrenador le había advertido que Mano Dura iba a empezar a practicar allí algunos días. Quería ser boxeadora. Nina no le respondió nada. En parte porque era su estilo quedarse en silencio cuando algo no le gustaba y en parte porque creía que al entrenador Aguilar no le importaría en lo más mínimo su opinión, por lo cual no se iba a molestar en expresarla.

De pronto Nina supo por qué estaba tan molesta: la presencia de Nancy le había recordado el asunto de la pulsera. La había engañado y ella odiaba que la engañaran. Se había dado cuenta el día en que una pareja de chicos había venido a preguntarle por esa pulsera. Eran claramente novios y se miraban de esa manera embobada en que se miran los adolescentes cuando están enamorados, algo que Nina encontraba un poco exasperante. La chica le describió la pulsera con bastante precisión y le explicó que se la había olvidado días atrás en el baño de mujeres, junto al jabón. Era exactamente el lugar donde ella la había encontrado, por lo que no tuvo motivos para dudar de su palabra. Supo entonces que Mano Dura le había mentido y la invadió una sensación profunda de ira, no tanto por la pérdida de la pulsera, sino por haber sido incapaz de detectar el engaño.

Mientras lo recordaba, Nina se propuso recuperarla. No la impulsaba el deseo de devolvérsela a su dueña, ya que no albergaba ningún sentimiento en particular hacia ella. Era otra cosa: ansias de revancha. Quería mostrarle a Nancy que no podía salirse así con la suya y quedarse con un objeto que no era de ella, extraído de su armario. De modo que bajó la escalera que daba a la sala de boxeo y entró sin hacer ruido. Mano Dura golpeaba la bolsa una y otra vez, completamente abstraída. Claramente era algo que le encantaba hacer: todo su cuerpo parecía irradiar un enorme bienestar. Nina la observó en silencio durante un rato, luego se adelantó unos pasos para dejarse ver y dijo solamente dos palabras.

—La pulsera.

Nancy se detuvo y la miró. Estaba fastidiada por la interrupción.

—¿Qué?

—La pulsera que te llevaste. No era tuya.

—¿Y? —Nancy se encogió de hombros y volvió a golpear, decidida a ignorar la presencia de Nina.

—La quiero de vuelta.

—No puede ser. Ya no la tengo. La regalé.

Nina observó sus brazos: efectivamente no la traía puesta.

—Problema tuyo. La tenés que traer de vuelta: te doy dos días. Si no...

—¿Si no qué?

El tono burlón de Nancy terminó de exasperar a Nina. Fue cuando tuvo una iluminación.

—Tus padres no saben que estás entrenando —dijo.

En realidad, no tenía idea de si lo sabían o no, pero se arriesgó. La expresión de Nancy le mostró que había acertado.

—O me traés la pulsera —siguió— o los llamo y les cuento sobre tu trato con Aguilar. No creo que les guste, si lo conocen.

Tampoco tenía la más mínima idea sobre el tipo de trato que tenía con Aguilar, pero le parecía evidente que existía algún trato. Y también que Aguilar no iba a ser el tipo más encantador del mundo para los padres de una adolescente. Por la cara de Nancy, supo que nuevamente había dado en el clavo. Nina se sintió tremendamente aguda: no había nada como el deseo de venganza para sacar lo mejor de su astucia.

En realidad, ella no pensaba llamar jamás a los padres de Nancy. No tenía el número ni pensaba molestarse en hacer semejante gestión. Pero Mano Dura no lo sabía y eso le daba una ventaja. Ahora había dejado de golpear y la miraba.

—No los llame —fue todo lo que dijo la chica.

—Tenés dos días —respondió Nina triunfante—. Quiero la pulsera para el viernes.

14. Leonor tiene novedades para Viktor

Viktor la vio venir a lo lejos y advirtió que había algo distinto: la directora Corti caminaba con un leve balanceo de los brazos y un ímpetu que parecían ajenos a ella. Por un instante sintió un chispazo de optimismo, una sensación que se estaba haciendo cada vez más rara en él. En los últimos días, Viktor había notado que su estado de ánimo se iba oscureciendo. Le costaba pensar al levantarse cada mañana que ése sería un buen día, como lo había hecho toda la vida. Y luego los días se arrastraban lentos, tediosos y solitarios. Para peor, las ventas habían caído, quizá como consecuencia de su malestar. Ahora le costaba más que antes poner entusiasmo para vender y, peor aún, tenía la impresión de que intimidaba a la gente cuando se le acercaba

Pero la profesora, definitivamente, se veía contenta. Quizá le traía buenas noticias.

—¡Tengo el pasaje! —le anunció al llegar.

—¿Pasaje? —Viktor intentó no mostrar su desilusión—. ¿A Moscú?

—Sí, me voy a Moscú el 16 de julio a las cuatro y veinte de la tarde.

—Qué bueno, *prrofesora*. Puede ver a Tania e Inga.

—¿Quiénes son Tania e Inga?

—¡Mi familia! Son *encantaderas*. La pueden llevar a pasear

—Encantadoras. Podría ser, claro. Se lo voy a comentar a Martiniano: seguro que está muy interesado en conocerlas. Me dijo que le gusta mucho tomar contacto con la población local cuando visita una ciudad.

—¿Martiniano es su esposo?

—No, es mi vecino y compañero de viaje. Nos hicimos amigos el día en que mató una cucaracha.

—Ajá. Qué bien. Espero que le gusten los aviones: es largo hasta Moscú.

—Espero —dijo Leonor y a Viktor le pareció que le temblaba levemente el labio inferior—. Es mi primer viaje. Nunca volé.

—¿Nunca? ¿Y cómo se decidió ahora?

—No sé —el labio tembló más evidentemente—. Quizás todavía cambie de idea. ¿Se mueven mucho los aviones?

—No, no mucho. A veces hay tormenta y entonces... —Viktor sacudió las manos con violencia, como mostrando un terremoto— todo tiembla. Pero pasa pronto.

—Debe ser horrible.

La cara de Leonor se había descompuesto.

—Para nada, profesora. Todo le va a encantar. Y si ve a Tania, usted le cuenta que acá es lindo. Que es muy lindo —frunció el ceño—. Mi Tania es un poco enojada y ahora dice que no sabe si va a venir cuando yo consiga plata.

—¿Por qué está enojada?

—Cree que elegí mal. Dice: otro país mejor. ¿Pero cómo lo sabe? Nadie sabe lo que viene. Si yo me quedaba con pulsera, quizá tenía suerte. Pero no conocía a usted. Ni a Isabel y Nicolás. Nunca se sabe qué va a pasar. Nunca. Las cosas cambian: así —Viktor hizo un chasquido con los dedos—. Cuando uno se levanta, no sabe qué le puede pasar ese día: quizá todo distinto. Yo pensaba que era un persona con buena suerte, profesora. Pero los últimos años no. ¿Usted cree que la buena suerte se pierde?

Leonor parecía un poco desconcertada.

—No sabría decirle. Yo venía a hablarle del trabajo.

—¿Sí?

Él levantó las cejas con ansiedad.

—Como maestro en la escuela no puede ser, Viktor. Siendo ruso...

—Ya —sus cejas cayeron—. Me lo imaginaba.

—Pero quizás... No sé si le interesa, hay una posibilidad como ayudante, para hacer un poco de todo: arreglos pequeños, vigilancia...

—¿Un trabajo en escuela?

—Sí, claro, en la escuela. El salario no es muy alto, pero sería algo estable y...

Viktor se adelantó, abrazó a Leonor e hizo que sus pies se elevaran levemente del suelo.

—¡Gracias, *prrofesora*! ¡Gracias!

Ella se sintió un poco ahogada en sus enormes brazos y pensó que algo así experimentaría si a un oso se le ocurría abrazarla en las estepas rusas.

Ludmila Montefiore no podía ser más diferente de su hermana. Así como Nancy había salido al padre –un hombre tan alto y robusto que solía sentirse incómodo en todas las sillas–, Ludmila había heredado el físico pequeño de su madre, sus manos largas y finas y unos rasgos delicados.

También sus personalidades eran opuestas. Ludmila era responsable y estudiosa en exceso: solía pasarse horas inclinada sobre los libros, hasta que la espalda empezaba a dolerle y la vista se le nublaba. Sin embargo, algunos meses atrás había descubierto su verdadera vocación, que poco y nada tenía que ver con los libros. Lo que a Ludmila le apasionaba de verdad era cantar.

Había empezado tímidamente en las clases de música, alentada por una profesora que encontró con sorpresa una alumna capaz de entonar como ningún otro en la escuela. Luego la había invadido una urgencia por cantar en cada momento posible, pero sobre todo cuando estaba bajo la ducha y podía dar rienda suelta a su voz, inesperadamente potente para alguien con un cuerpo tan pequeño.

Y un día tuvo la idea de contarles a sus padres sus deseos durante la cena: lo que quería en la vida, dijo, era ser cantante. Fue una muy mala idea, según Nancy, que tenía una visión más precisa de los distintos miembros de su familia y sus posibles reacciones. Ludmila lo advirtió demasiado tarde, cuando vio la cara de su padre.

—Podés cantar en la ducha, en la cocina o en las fiestas —le dijo—. Pero tenés que estudiar algo serio para ganarte la vida.

Su padre creía que el canto era un desperdicio para alguien con el cerebro de Ludmila. Opinaba que tenía que dedicarse a una carrera científica, como la matemática o la biología, disciplinas en las que ella obtenía muy buenas notas pero que le parecían la mar de aburridas. Hubo muchas discusiones hasta que, a regañadientes, el padre aceptó que se anotase en un coro, en el que cantaba los viernes por la tarde. Ese se convirtió en el día más feliz de su semana.

Ludmila estaba estudiando el lunes 12, cuando Nancy fue a pedirle que la ayudara con unos problemas de matemática. En un principio le dijo que no, pero luego vio en la muñeca de su hermana una pulsera que llamó su atención. Le pareció bella y extraña, totalmente ajena a Nancy, que nunca en la vida se preocupaba por la elegancia. De modo que resolvió rápidamente los ejercicios y se quedó con la pulsera. Fue un rato más tarde cuando recibió el llamado que sacudió su corazón: Elvira, su profesora de canto, le anunció que el coro había sido contratado para una gira de cuatro días por tres provincias del interior y que ella sería solista en varios fragmentos.

—¿Yo? —preguntó Ludmila en un susurro, porque le pareció que el susto le había hecho perder la voz.

—Estás preparada —respondió Elvira— y es hora de que le muestres a todo el mundo lo que sos capaz de hacer. Éste va a ser un paso muy importante para tu carrera.

Había un detalle menor a considerar, le dijo al final la profesora: tendría que faltar unos días al colegio. Al principio Ludmila no pensó que fuese un inconveniente: eran los últimos días de clase y no tenía problemas en ninguna materia. Pero su padre encontró un montón de objeciones para hacer en relación con el orden de prioridades de su vida, donde, a su modo de ver, el canto venía al final de una larguísima lista que incluía no sólo la escuela sino cuestiones completamente irrelevantes para Ludmila como ordenar la habitación o saludar a su tía en el día de su cumpleaños. Tras una larga discusión, al fin –y gracias a la intervención de su madre– aceptó que viajara siempre y cuando le mostrara antes que tenía todas las materias aprobadas con buenas notas. Esto parecía sencillo. Sus notas eran todas excelentes.

Casi todas excelentes, notó recién el martes, cuando la profesora de educación física anunció que iba a calificar una serie de ejercicios.

La actividad física nunca había estado entre las pasiones de Ludmila, que consideraba que su cuerpo no estaba hecho para andar retorciéndolo con movimientos raros. Pero las cosas nunca le habían ido tan mal como ese martes, cuando las piernas se le abrieron sin control al intentar una vertical, no logró quedarse ni cinco segundos parada sobre la barra en la que debía caminar y le pateó la cabeza a una compañera cuando pretendía concretar un salto en alto. Herminia López, la profesora, empezó a observarla con creciente fastidio.

Quizá eran los nervios por la nota o la tensión que le provocaba pensar en el concierto, pero ese día Ludmila parecía destinada a hacer las cosas mal y siguió en ese camino: cuando hacía un simple rol atrás perdió el dominio de su cuerpo y quedó despanzurrada en la colchoneta. Aunque no era en absoluto supersticiosa, en ese momento se cruzó por su cabeza el recuerdo de la pulsera obtenida en la negociación que, según Nancy, traía buena suerte, y lamentó profundamente no haberla llevado.

Al final, llegó la evaluación de vóley. Tuvo diez oportunidades para mostrar el saque y ni una sola vez logró que la pelota pasara al otro lado de la red.

Se sabe que los profesores de educación física no tienen paciencia con los torpes: Herminia López no era una excepción. La miró a los ojos y le dijo que era un desastre. Que nunca había visto un desastre semejante.

—Deme otra oportunidad —pidió Ludmila sin aliento—. Hoy estoy muy nerviosa.

—Mañana. Si no lo hacés bien, reprobás la materia.

El martes por la noche Nancy encontró a su hermana hecha un bollo en el sofá y con cara de velorio. Le preguntó cuál era el motivo.

—Estoy a punto de llevarme una materia y no voy a poder viajar con el coro.

Nancy la miró alucinada.

—¿¡Vos!? Eso es imposible: Ludmila la perfecta no se lleva materias.

—No seas idiota, Nancy. Es cierto: me voy a llevar educación física.

—¿Educación física? —Nancy no pudo reprimir una carcajada—. Ludmila, eso sí que es imposible: NADIE en el mundo se lleva educación física.

—Yo sí. No me sale ni siquiera un rol. Intenté diez saques y ni uno solo pasó la red.

—Eso es porque pegás muy despacio. Tu mano parece de manteca.

—¿Y qué querés que haga? —Ludmila parecía a punto de llorar—. Así me sale.

En ese instante, Nancy descubrió que estaba frente a una oportunidad perfecta para recuperar la pulsera que le exigía la mujer del gimnasio. Para sorpresa de su hermana, se ofreció a dedicar las siguientes horas a prepararla para la evaluación: hasta tenía la pelota apropiada para vóley.

Ludmila asintió desconfiada.

—¿Y qué querés a cambio?

—La pulsera que te di.

Ludmila se mordió el labio.

—Está bien, te la doy mañana, después del colegio. Quizá me traiga suerte.

Nancy se encogió de hombros. Para sus planes era igual recuperar la pulsera unas horas antes o después.

—Manos a la obra —le dijo.

Esa noche, tras dos horas y media de corregir posturas y golpear la pelota en el patio, Ludmila se acostó tranquila. Sabía que las cosas iban a ir bien. Casi podía predecir lo que efectivamente pasó: que los ejercicios le saldrían aceptables, que la pelota cruzaría la red en cinco de las diez oportunidades y que la profesora otorgaría el aprobado.

Y, después de todo eso, Ludmila pudo salir a la calle y cantar, a todo pulmón y para sorpresa de sus compañeros, un bellísimo *Aleluya*.

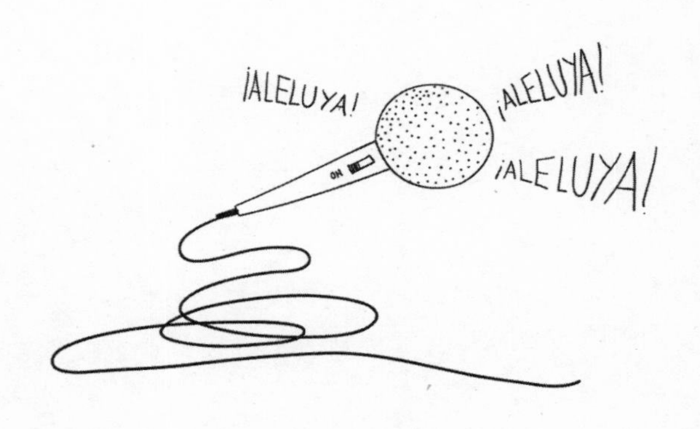

Nancy Montefiore decidió devolverle la pulsera a Nina. Fue una decisión que le costó mucho tomar, porque odiaba a esa mujer y sobre todo odiaba dar su brazo a torcer frente a ella. Pero, tras pensar seriamente en el problema, había concluido que lo que menos le convenía en el mundo era que sus padres se enteraran del asunto del boxeo. Desde el primer momento, Nancy se había propuesto mantener esa actividad en secreto durante un buen tiempo, al menos hasta saber si era realmente lo que quería. Y en los últimos días esa decisión había demostrado ser sabia: si su padre había armado semejante revuelo por la decisión de Ludmila de hacer una gira con su coro, no quería ni pensar en lo que diría de sólo imaginar a su hija mayor con los guantes puestos.

De modo que el viernes Nancy se puso la pulsera y partió rumbo al gimnasio. Pensaba devolverla antes de su clase y tratar de olvidarse de todo el asunto. Pero cuando estaba llegando al lugar, algo que vio la hizo detenerse: había cuatro chicos parados en la esquina y entre ellos pudo reconocer al enano de anteojos que le había ido a pedir la pulsera. Eso parecía una fuente de problemas. Quizá, si se hubiese detenido a pensarlo un poco, habría concluido que las cosas podían resolverse amigablemente, pero Nancy siguió su primer instinto: dar la vuelta y salir corriendo. Y corría rápido.

Ellos no se esperaban eso. Se habían encontrado puntualmente en el lugar previsto y alguno había preguntado cómo iban a abordar a Mano Dura. Isabel propuso ir abiertamente con la verdad: creía que, si la chica se enteraba de la historia de la pulsera, aceptaría entregarla por su propia voluntad. Maximiliano y Gabriela asintieron, pero Nicolás la miró escéptico y no dijo nada.

Se sentía un poco incómodo en esa situación. Por un lado, porque anticipaba un nuevo fracaso: lo mejor que podía pasarles, creía, era no salir lesionados. Además, temía que Mano Dura hiciera alguna alusión a su encuentro previo, que él consideraba bastante poco digno. Pero quizá lo que más le molestaba era otra cosa: ser el más bajo de los cuatro. Ya era bastante difícil de soportar la diferencia de altura con Isabel, pero que también Maximiliano y Gabriela –que eran un año menores y aún estaban en el primario– fuesen más altos que él se le hacía intolerable. Por eso estaba un poco apartado en el momento en que Gabriela miró hacia la esquina y dijo:

—¿No es ella la que viene ahí?

Él levantó la cabeza para ver el preciso instante en que Mano Dura daba media vuelta y salía corriendo. Maximiliano gritó:

—¡Tras ella!

Pero, aunque corrieron tan rápido como podían, al cabo de dos cuadras la habían perdido. Miraron hacia todos lados y nada: ni huella de Mano Dura. Isabel estaba desilusionada.

—No puedo creer que se haya escapado así: ni siquiera sabía qué queríamos decirle.

—Creo que no estaba muy interesada en el diálogo —murmuró Nicolás.

Entonces, mientras rumiaban su fracaso, se encaminaron lentamente hacia el parque, donde Viktor esperaba noticias de ellos.

Nancy miró hacia atrás y comprobó satisfecha que no había señales de los chicos. Ahora tendría que dar un gran rodeo para llegar al gimnasio por el otro lado y evitar encontrárselos nuevamente.

Pero se sentía contenta. El entrenador Aguilar le había dicho que algo fundamental en un buen boxeador era la rapidez de reacción y ella acababa de mostrar sus veloces reflejos al sacarse de encima eficazmente a esos cuatro críos molestos. Quizá su propia satisfacción la distrajo un poco. Lo cierto es que dio una vuelta a través del parque, sin advertir que los chicos estaban a un costado, conversando con Viktor. Pero ellos sí la vieron pasar y esta vez reaccionaron rápido: salieron disparados y le cortaron el paso. Cuando menos se lo esperaba, Nancy se dio cuenta de que la habían rodeado.

—Necesitamos hablarte.

Isabel dijo que iba a explicarle algo, pero ella no estaba dispuesta a escuchar. La empujó para seguir su camino. Entonces los dos varones la agarraron de los brazos.

—Escuchá, Nancy.

—Déjenme en paz —les gritó.

Las débiles manos de esos chicos no eran nada para los brazos poderosos de Mano Dura, que se sacudió decidida a seguir adelante. Pero entonces sintió que alguien la frenaba desde atrás y esta vez no eran esas manitos de bebé, sino unas palmas poderosas. Volvió la cabeza y vio que el que la tenía atrapada era un tipo gigantesco, rubio y alto.

—¡Suélteme!

—¡No quiero lastimar! —gritó el tipo—. ¡Se calma!

A Nancy le pareció que hablaba muy raro. Dejó de luchar y el tipo aflojó un poco la presión.

—¿Qué quiere?

—Tengo un *treto*.

—¿Qué?

—Un *treto*.

—¿Y eso qué es?

—Un trato —tradujo Nicolás, que empezaba a entender la idea de Viktor—. Te ofrecemos un trato.

Nancy los miró expectante. Entonces Viktor la soltó y sacó algo de su bolsillo.

—Tengo pulsera parecida. Usted devuelve a Isabel la suya y yo doy esta.

Enseguida Nancy se dio cuenta de que le convenía aceptar el trato. Primero porque no iba a poder librarse de ese gigante fácilmente. Y segundo, porque Nina no se iba a dar cuenta jamás de que la pulsera no era la misma.

—Está bien —dijo.

Se desabrochó la pulsera de Isabel. Después tomó la que le ofrecía Viktor y se volvió hacia la chica, que alargaba sus manos. Y entonces vino el momento fatal: quizá como un último gesto de rebeldía, en lugar de estirarse un poco y poner la pulsera en la palma extendida de Isabel, Nancy se la arrojó por el aire. Isabel intentó atajarla, pero la pulsera rozó sus dedos y cayó. Y recién en ese instante se dieron cuenta de que debajo de ellos había una rejilla.

—¡¡¡No!!!

El grito estremecedor de Isabel hizo que mucha gente en el parque los mirara. Nancy aprovechó el momento de confusión reinante y salió corriendo. Y los demás no atinaron a nada: sólo podían mirar esa odiosa rejilla que acaba de tragarse la pulsera.

Primero intentaron desatornillarla, pero enseguida vieron que ninguna de las herramientas de Viktor servía para tal propósito. Un vendedor de helados que solía andar por el parque les dijo que lo olvidaran: esas rejillas sólo podían sacarlas los empleados de la Municipalidad, y jamás aceptarían venir por una pulsera perdida. Entonces Gabriela, que resultó ser quien tenía las manos más pequeñas, intentó introducir una entre las barras. También eso fue inútil: apenas alcanzaba a pasarla hasta la muñeca y la pulsera estaba mucho, muchísimo más lejos.

Una sensación de derrota empezó a instalarse en todos ellos, tan intensa –pensó Nicolás– que parecía posible tocarla. Miró a Isabel y notó que estaba haciendo esfuerzos por no llorar. Y en ese momento él tuvo una idea. Se puso de pie y dijo que debía pasar por su casa a buscar los elementos con los que iban a resolver el problema. Los demás se limitaron a asentir.

Cuando volvió, quince minutos más tarde, Gabriela y Maximiliano ya se habían ido. Viktor estaba atendiendo su puesto e Isabel se había sentado en el suelo, junto a la rejilla, con una expresión completamente agobiada.

—Tengo la solución —anunció contento, pero ella no pareció tomarlo muy en serio. Entonces le mostró su invento: era un palo de escoba en cuyo extremo había pegado un poderoso imán, sacado de su juego de química. Isabel esbozó una sonrisa cansada.

—Sos un genio.

Los dos se tiraron al suelo y empezaron la dura tarea de pescar la pulsera. Pronto vieron que era más difícil de lo que habían creído. La posición de los barrotes impedía inclinar el palo y en consecuencia, no se podía llegar hasta donde había caído. Nicolás probó desde diferentes costados, pero no había caso. Se le ocurrió entonces hacer una extensión del palo que tuviese flexibilidad, uniendo dos partes con una cinta adhesiva. Fue en ese momento cuando Isabel estalló.

—¡La odio! —gritó.

—¿Qué cosa odiás?

Nicolás ya había logrado pegar la extensión.

—A la pulsera —Isabel se sonó la nariz—. La odio profundamente: sólo me trajo mala suerte.

—¿Te parece? —Él volvió a introducir el palo, ahora más largo.— A mí no.

—¿Cómo que no? Es una pulsera de porquería que me arruinó la vida. La odio con toda mi alma.

—Pero fijate una cosa: sin ella nunca nos hubiéramos hecho amigos.

Después, cuando reflexionó sobre este momento, Nicolás consideró que la razón por la cual se había atrevido a decir semejante cosa era fundamentalmente postural: estaban tirados en el suelo y en esa posición la diferencia de altura era imperceptible.

—En ese sentido —dijo ella sonándose otra vez— tenés razón. Pero igual no es cierto que traiga suerte. Es como vos pensás: una superstición, nada más.

En ese instante Nicolás logró inclinar un poco más el palo y el imán tocó la pulsera.

—¡La tengo!

Los dos contuvieron el aliento mientras él levantaba muy lentamente el palo, hasta que logró sacarlo de la rejilla y su mano se posó en la pulsera.

—¡Sí!

Isabel pegó un alarido, saltó y lo abrazó. Alertado por el grito, Viktor llegó corriendo, se abalanzó sobre ellos y los encerró a ambos entre sus brazos de gigante. Y, en medio de los dos, Nicolás volvió a sentirse muy pero muy pequeño.

Un rato más tarde, cuando caminaba con Isabel de regreso, pensó que ahora que eran declaradamente amigos debía comportarse a la altura de las circunstancias.

—No sé si te acordás que mañana finalmente nos toman la prueba de historia —dijo.

Isabel frunció la nariz con desagrado.

—Me olvidé totalmente. Y no sé nada.

Habían llegado a la puerta de su casa y Nicolás se subió al primer escalón. En esa posición se sintió mejor.

—Si querés —le propuso—, puedo ayudarte a estudiar. En mi casa.

Enseguida se dio cuenta de que a ella no le gustaba la idea.

—Mejor no —agregó nervioso—, quizá no resulta bien.

—No es eso. Es que con todo lo que pasó estoy tan cansada... Hagamos un trato. Vamos a mi casa, vemos un poco de televisión y comemos un pastel de chocolate increíble que preparó mi mamá. Y también podemos escuchar unos discos en mi equipo nuevo.

Notó el desconcierto en la cara de Nicolás.

—Ése es el tipo de cosas que hacen los amigos —le explicó.

—Sí, pero... ¿Y la prueba?

Isabel sonrió.

—Seguro que vos ya estudiaste por los dos. Mañana me soplás las respuestas.

Nicolás lo pensó un segundo y consideró que era un buen acuerdo.

—Está bien —le dijo—. Trato hecho.

Andrea Ferrari

Nació en Buenos Aires. Se graduó como traductora literaria de inglés, aunque desarrolló su carrera profesional en el periodismo. Su primer libro infantil fue *Las ideas de Lía*, publicado en 2001. Dos años después, la novela *El complot de Las Flores* obtuvo el premio internacional Barco de Vapor, concedido en España, y fue traducida al portugués y al coreano. En 2006, su novela *El hombre que quería recordar* fue incluida en la selección White Ravens 2006 de la Internationale Jugendbibliothek de Munich (Biblioteca Internacional de la Juventud). En Alfaguara Infantil publicó *La rebelión de las palabras* y, en la Serie Azul de Alfaguara Juvenil, publicó *También las estatuas tienen miedo* y *El camino de Sherlock*, libro que en 2007 ganó el premio Jaén de narrativa juvenil.

Índice